소리로 보고
빛으로 듣고

자연의 삶과 노래
소리로 보고 빛으로 듣고

초판 1쇄 발행 2023년 12월 1일

지은이 허남국 · **발행인** 권선복 · **편집** 권보송 · **디자인** 김소영 · **전자책** 서보미 · **마케팅** 권보송
발행처 도서출판 행복에너지 · **출판등록** 제315-2011-000035호
주소 (07679) 서울특별시 강서구 화곡로 232 · **전화** 0505-613-6133 · **팩스** 0303-0799-1560
홈페이지 www.happybook.or.kr · **이메일** ksbdata@daum.net

값 22,000원
ISBN 979-11-93607-08-4 (03810)

* 이 책은 **강원특별자치도**, **강원문화재단** 후원으로 발간되었습니다

소리로 보고
빛으로 듣고

허남국

시·사진집

"긍정과 사랑으로 일궈내는 자연과 삶의 노래"

도서
출판 행복에너지

prologue

소리로 보고 빛으로 듣고 마음으로 담은 수면 위 반영 풍경(촬영: 갤럭시 23울트라)

낯선 풍경의 빛 그림을 들춰내서
렌즈를 통해 소리로 보고 빛으로 듣고 그린
다른 세상을 이야기하고 싶었습니다.

삶과 풍경을 렌즈로 담고 시로 쓰면서
자연도 항상 준비하고 기다릴 때 기회를 준다는 것을 알았고
머무는 듯 흐르고 같은 듯 다르고, 있는 듯 없어지는
소중한 순간을 즐기며 새로움을 찾아 뛰었습니다.

"쉽게 태어나는 걸작은 없다."라는 말과 같이
만 번의 법칙을 넘어 십만 번 이상 셔터를 누르니
상상력의 벽을 넘어선 관점이 보이기 시작하였습니다
전문적인 테크닉 이전에 길러진 감성으로 담긴 풍경은
렌즈에 담기는 순간 다른 세상으로 태어나 시가 되고는 하였습니다.
사진은 카메라가 아닌 마음이 찍는 것입니다.
시는 감성을 펜으로 그린 그림입니다.
열정과 정성으로 공을 들여야 운도 찾아온다는 것을 절감하였습니다.

파란 하늘 팝콘 터지듯 피어오르는 흰 구름이
바지랑대 끝 걸린 옥양목처럼 작열하는 태양에 바래지다가
붉은 노을로 수 놓은 석양길을 걸으며 귀로 혼잣말을 하였습니다.

긍정과 사랑으로 행복을 부르는 답이 없는 이야기를.

『소리로 보고 빛으로 듣고』
출간을 축하드립니다

　수채화 같은 아름다운 풍경과 긍정적 삶의 시선이 담긴 시화집 출간을 축하드립니다. 사랑과 긍정의 감성 시가 마음을 열고 감사와 행복을 불러옵니다.

　항상 외할아버지의 열정적 삶과 글 쓰시는 모습을 가까이에서 직접 지켜봐 왔기에 이번 시화집은 의미 있고 값진 결과물이라고 생각합니다. 사진 찍는 방법을 물어보며 배우던 처음부터 보정과 후처리까지 하시는 할아버지의 부단하고 피나는 노력이 없었다면 불가능했을 것입니다. 한 장의 사진을 찍기 위해 기다렸을 수많은 인내의 순간과 사진에 숨겨진 노력이 알차게 송이송이 익어가고 있습니다.

농사와 청록원 가꾸는 일이 힘드실 연세도 되었습니다만 우리 가족 쉼터인 청록원에서 인생 농사, 글 농사, 자식 농사의 참된 씨앗을 뿌리고 거두시며 즐기시는 모습이 우리 가족의 본보기입니다. 어릴 적 주말 대부분을 맑은 계곡물이 졸졸 흐르는 청록원에서 아프신 외할머니를 도와드리며 보냈습니다. 낮에는 땀 흘려 일하고 저녁에는 글을 쓰며 할머니 병간호에 전념하시는 할아버지 모습을 보고 굉장히 대단하시다고 생각했습니다.

우리 곁을 떠나 하늘나라로 가신 할머니 글을 세상에 내놓아야 한다며 『사랑과 긍정에너지』 산문집을 7년 전에 발간하시었습니다. 할머니 병구완하느라 등단하지 못한 상태에서 책을 출간했습니다. 그때 저의 작은 소망으로 할아버지께서 좀 더 넓은 문단 세계에서 글에 대한 피드백을 받을 기회가 생겼으면 좋겠다는 축하 글을 올렸던 적이 생각납니다. 외할아버지는 그 후 시인과 수필가, 시조 시인으로 등단하시어 여러 문학회에서 활동하고 있습니다.

독학과 만 번의 법칙으로 익힌 늦깎이 사진 촬영 기술이 대단한 경지에 이르셨습니다. 코로나 시기에도 쉬지 않고 전국 산행을 하시며 사계절 경치를 담아 즉석에서 손자들에게 보내 주셨습니다. 스마트폰 사진작가가 되시겠다며 열정적으로 찍은 작품이 관광 사진 공모전에서 다수 입상을 하였습니다.

금번 『소리로 보고 빛으로 듣고』는 지금까지 자연을 사랑하며 느끼고 경험한 세상을 사진과 글로 정교하게 엮었습니다. 어렵지 않은 본인만의 언어로 담은 이 세상에 하나밖에 없는 시·사진집이 태어났습니다. 작품 속 사진과 시를 보고 읽으며 시를 쓰게 한 원동력이 무엇인지 또 표현하고 싶은 순간은 어떤 것인지 느껴 보시면 좋겠습니다.

이번 시화집에 실린 사진과 시는 몇 해 동안 수없이 찍고 수많은 퇴고 과정을 거쳐 창작된 작품입니다. 시를 쓸 때마다 선택하는 단어들과 어절 하나하나를 고민하고 고치기를 반복하는 작업을 곁에서 보았기에 작은 작품 하나도 얼마나 의미 있고 값진 결과물이라는 것을 그 누구보다 더 잘 알고 있습니다.

시화집 속 시는 사진을 찍는 과정과 어렵고 힘든 삶을 이겨내면서 겪어낸 감성과 불현듯 스쳐 지나가는 삶의 여정까지 우리 가족의 희로애락을 담고 있습니다. 글 속에 녹아있는 인생사를 조금이나마 같이 느끼는 독자 가족이 늘어나기를 희망합니다. 한국전쟁과 폐허의 가난 속에서 자란 끈기로 모든 과정을 쉼 없이 끝까지 이루어내신 할아버지께 따뜻한 박수를 보냅니다.

느낌의 경지를 초월한 『소리로 보고 빛으로 듣고』와 함께하는 순간만큼은 고민을 잊고 작가님의 사랑과 긍정적 포근한 사진과 시로 즐거운 순간을 보내실 수 있을 것입니다.

외할아버지의 사랑과 긍정에너지 시화집으로 온 세상이 행복했으면 좋겠습니다.

외손녀 김경린
단국대학교 치과대학

『소리로 보고 빛으로 듣고』 시화집은 정말이지 놀라운 작품이다. 어떻게 일상에서 보이는 풍경에서 이렇게 다양한 생각을 하고 깨달은 바를 풀어나갈 수 있는지 그저 놀라울 따름이다. 이번 시화집은 외할아버지 허남국의 일생이 담긴 글이다. 어릴 적부터 옆에서 보고 또 할아버지한테 들은 당신의 삶은 결코 순탄치만은 않았다. 어렸을 적에는 목숨이 위태로웠던 적도 있었고 살아가면서 어렵고 힘든 순간도 많았다.

이런 세월에서 힘이 들어 절망하고 싶었던 순간이 왜 없었겠는가. 그럼에도 할아버지께서는 여전히 주어진 일상에 감사한 마음을 가져야 한다고 말씀하시며 사랑과 긍정이 주는 에너지를 노래하신다. 어떻게 그럴 수 있을까? 또 이런 마음을 가지기 위해 얼마나 많은 생각을 하고 시간을 보낸 것일까? 두 번째 작품집에 실린 시에는 할아버지께서 그동안 보낸 그 시간과 거기서 얻은 깨달음이 그대로 녹아있다.

지난여름, 미국을 방문했을 때 옐로우스톤 국립공원에서 사진 한 장을 찍어 할아버지께 전송했던 적이 있다. 할아버지께서는 무려 15년 전에 함께 갔었던 옐로우스톤 국립공원 모습과 그때의 느낌을 또렷이 기억하고 있었다. 어떻게 그렇게 완벽히 기억을 유지할 수 있었는지 묻자 할아버지께서는 여행 사진을 다큐멘터리 형식으로 찍어 놓고 그때 보고 느꼈던 점을 빠짐없이 글로 적어놓아서 기억을 유지할 수 있었다고 말씀하셨다. 그러면서 "적자생존"이라고 하시며 적는 사람만 살아남을 수 있다고 말씀하셨다. 이처럼 할아버지에게 있어 사진과 글은 세상을 기억하는 방법이자 세상을 보고 느낀 감정들을 풀어내는 방식이다.

할아버지께서는 종종 당신은 사진을 찍는 기술적 테크닉이나 시를 쓰는 법에 대하여 한 번도 배운 적이 없다고 말씀하신다. 그러나 이러한 배움의 빈자리를 여든을 바라보는 나이에도 성치 않은 다리를 끌고 아직도 새로운 풍경을 찾아다니는 호기심이 대신한다, 아직 사회에 나가지도 않은 손자와 손녀들에게서도 배울 것이 있다며 언제나 낮은 자세로 배움을 추구하는 겸손함이 대신한다, 같이 길을 걷다가도 어느새 사라져 사진을 찍고, 풍경을 보며 느낀 감정들을 잊어버리기 전에 글로 남겨놔야 한다며 종종걸음으로 집으로 뛰어가는 열정이 대신한다.

그렇기에 할아버지의 시는 형식에 얽매이지 않은 채 가장 진솔하고 독창적인 방식으로 잔잔한 울림을 준다. 두 번째 시·사진집을 출판하는 할아버지께 축하의 말씀을 전하고 변치 않는 응원을 보내며, 자신 있게 이 책을 추천하고 싶다.

김서현
건국대학교 의과대학

Contents

1 소리로 보고 빛으로 듣고

2 불꽃처럼 뜨겁게

3 맑은 바람이 되어

4 사랑을 수놓는 바다

5 사랑하게 해주세요

6 그대 곁에 함께할 수만 있다면

7 지나간 것은 모두 그립다

8 꿈이 꽃 피다

9 시를 담은 풍경

빛의 향연 마량포구 저녁노을

1
소리로
보고
빛으로
듣고

고통에도
희망은 핀다

살아 천 년 죽어 천 년 붉은 주목

길 것 같던 초록 여름은 빠르게 지나가고
순식간에 찾아온 가을이 붉게 타더니
꽃보다 아름답던 단풍도 잠깐 사이 낙엽 지니

갑자기 불어온 찬바람에
흰 눈 덮어쓴 겨울 중심에 서서
나도 모르게 서성이네요

잎이 진 겨울나무는
속 모습 그대로 정직하게 살고파
모든 걸 다 버렸나 봐요

성공의 시작은 실패와 좌절에서 시작되듯
겨울은 끝이 아니라 가려졌던 것을 들춰내
봄을 열어가는 준비 시간이네요

그땐 왜 몰랐을까?
흥망성쇠 고비가 어느 한순간
고통을 이겨내는 찰나에 있다는 것을

찬바람 이겨내고 연두색 봄을 여는
흰 눈 덮어쓴 겨울나무처럼
고통에도 희망이 피어나기를

출렁다리

출렁출렁 출렁다리

바람에 흔들리고
사랑에 흔들리고
욕망에 흔들리고

이리저리 갈지 자
흔들흔들 천방지축
허공 맴도는 한 세상

마음 비우고
몸 가다듬으며
바르게 가야지

출렁다리 닮은 인생
중심 단단히 잡고
힘차게 앞으로

똑바로 정신 차리고
한 걸음씩

———
세 갈래길 출렁다리에서 중심 단단히 잡고

찻잔 속
아름다움

꽃보다 아름다운 만산홍엽 단풍

참 좋다
시원하다

가을바람에 불타는 기암 협곡
울긋불긋 만산홍엽 하늘길이 열렸다

파란 하늘 대롱대롱 매달려
대바지 강 건너는 케이블카

마주 앉아 바라보는 천하절경이
푸른 물결 품에 안겨 춤을 춘다

꽃보다 아름다운 단풍으로
내 안에서 물드는 그대

짙은 구절초 향에 취한 마음
삼악산 허리 감아 돌며 웃는다

소리로 보고 빛으로 듣고

흘림골

일망무제 남설악 만물상 노닐다가
갈 길 잃고 주저앉은 등선대
기기묘묘 기암괴석 만 가지 천하절경

칠형제봉 그 너머엔 한계령이 서 있고
귀때기청 뒤로 보이는 안산을 등지고
동쪽 끝에 이어진 동해 기상이 푸르다

바위 능선 붉게 태우려
곱게 물든 단풍이 펼치는
대자연의 아름다운 파노라마

자연의 힘은 참 위대하다.
기쁨과 즐거움 주는
능력이 있으니

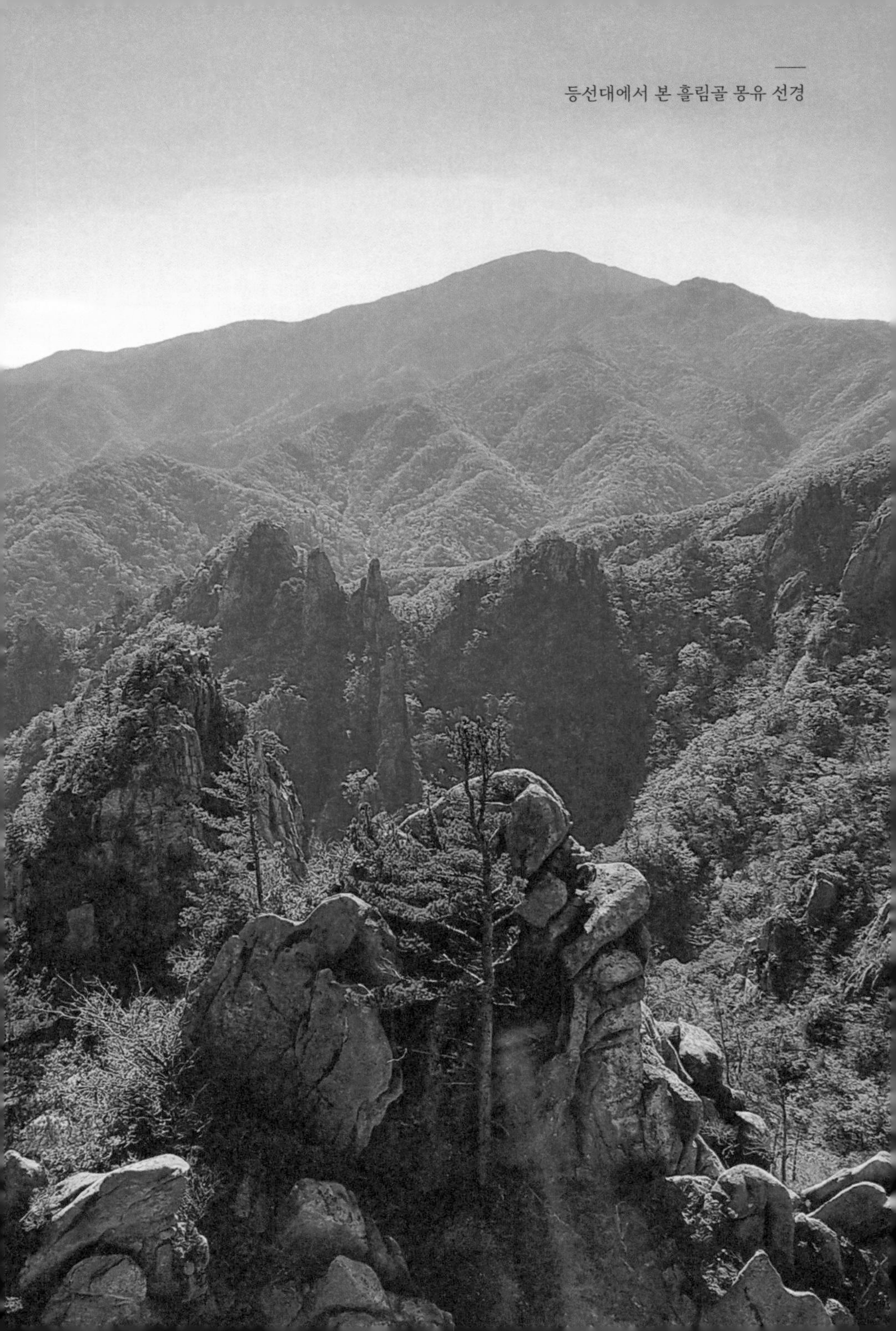

등선대에서 본 흘림골 몽유 선경

소풍 같은
인생

인생은
잠시 왔다가는
소풍

인생은 소풍처럼 삶은 꽃처럼

흘러가는 구름
흩날리듯
길을 걷는다

바람결에
걷다가 웃다가
서러워 웃으며

홀로
떠돌다
돌아가는 것

웃다가 울다가
소풍 마치고
돌아가는 날

여기까지 잘 왔음에
스스로 수고했다는
말 한마디 남기고

감사한 마음으로
소풍 마치는
인생이었으면

행복한 인생

우리 인생은
예행연습 없는
단 한 번 삶을
살아가고 있으니

사는 동안
감사한 마음으로
행복하게 살아야 합니다

지금, 여기
있는 이 자리가
내 생의 최고 순간인 듯
최선에 최선 다해
행복해야 합니다

행복은
누가

만들어 주는 게 아닙니다
자신이 만들어야 합니다

세월은 흘러가는 게
아니랍니다.
자신이 만드는 겁니다

세상 근심 걱정 벗어던지고

소리로 보고 빛으로 듣고

단풍길

맑은 가을 햇살에
결 고운 옥양목 바래듯
바지랑대 매달려
팔랑거리는 흰 구름

곱디고운 여정
불타는 열정으로
활활 불태우라며
붉게 타오르는 단풍

진홍빛 홍엽에 취해
종알대며 떠나가는 여울물
물소리 바람 소리 한데 모인
자연 하모니 어울림 한 마당

꽃보다 곱게 물든 단풍잎
햇살 따라 걷고 싶은 단풍길

심장까지 빨갛게 물들이는 내설악 단풍

희망으로 가는 길

인생길 가다 보면
막힘이 생기더라
이래 막히고
저래 막히고

산행길 하루가 인생길 닮았네!
너덜 바위 돌서렁이 길 더디게 하고
절벽이 앞을 가로막고
낭떠러지기 길을 끊어도

설악 준령 넘나드는 구름처럼
아무렇지도 않은 듯
막히면 돌아 넘고
끊기면 건너뛰기도 하며

힘들고 험한 암 능길이라도
마음 비우고 한 발 두 발
낮은 자세로 천하 비경 즐기며
행복 찾아 걷는 하루

내가 살아내야 할
나의 인생길처럼
절망 끝에서 보이는
파란 하늘 바라보며

희망으로 가는 길

소리로 보고
빛으로 듣고

―
소리로 보고 빛으로 듣고 마음으로 찍은 수면 위 반영 풍경

파란 하늘 흰 구름 동동
싱그런 오월 새 아침
꽃바람에 물빛도 곱다

꽃잠 깬 아침 햇살이
반짝반짝 물 위에 자리 틀고
봄볕에 물감 풀어 날리며

시린 하늘 은물결 따라
초록빛 보듬고 수 놓듯 춤추며
반영으로 그린 연둣빛 수채화

소리로 보고 빛으로 듣고 그린
렌즈 속 다른 세상 빛 이야기가
몽환의 풍경을 시로 읊는다

상상의 관점으로 태어난
소리와 빛의 향연이
영원토록

피고 지는 인생

그대여 잎이 진다고 슬퍼 말자
늘 푸를 것 같던 나무도 낙엽 진다
산다는 건 늘 피고 지는 것이다

늘 아름다울 것 같던 꽃도 시든다
삶이 시든다고 너무 슬퍼 말자
닥치는 시련에 힘들어 말자

봄 햇살에 겨울잠 깬 초록 눈
앞다투어 터트리는 봄 소리처럼
새파란 희망 힘차게 움 틔우자

거름 탐내는 풀꽃은 곧 쓰러지고
자람에 욕심내면 열매 맺기가 어렵다
생성소멸 희로애락은 세상살이 자연법칙

하늘 아래 새로운 건 없다
발견해서 내 것으로 만들 때 새롭다
자연을 보는 경계선이 그 사람의 삶이다.

피고 질 때 보이는 게 인생

금강산 끝자락 신선봉의 가을꽃

바람이라 했나?

바람
바람

태백산 수호신의 무궁한 영혼
바람이 분다

살아 천년
죽어 천년
무궁한 영혼에

한밝뫼(太白山)
파란 하늘
구름이 달음질친다

바람 따라
내 마음
흘러간다

허허실실
한바탕 웃음으로

태백산 수호신의 무궁한 영혼

억새 사랑

널 위해 살고 싶다
칼바람 부는 언덕
나 홀로 서서
새싹 움트는 봄
기다리다가

걸음마 시작하는 봄
손잡고 거닐다
홀로 설 즈음
그 자리 물러앉아
너를 키우고 싶다

파란 하늘 춤추는
너를 바라보며
밑거름이 되고 싶다

___

너를 위해 살고 싶다 민둥산 억새 사랑

그립다는 말보다 더 그리운

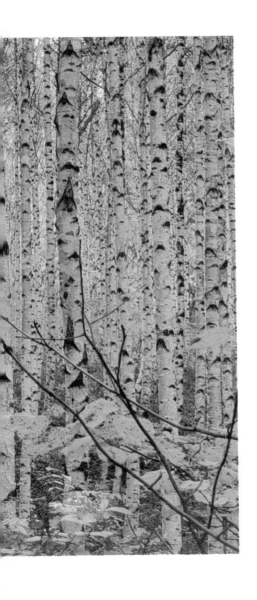

곱디고운 하얀 살결
속삭이고 싶은 그대

하늘 따라 쭉쭉 큰 키
매끄럽고 부드러운 몸매

보고 싶던 연인 만나
꼭 끌어안고 싶은 그리움

온몸 휘감아 도는 고운 피부
사랑에 빠져 꿈꾸는 몽환

자작자작 자작나무 속삭임

소리로 보고 빛으로 듣고

행복은
내가 만드는 거야

함께하는 행복한 동행
한순간도 놓치지 말아요
손끝 시린 겨울 바다 하얀 파도
밀려오다 쓸려가더라도
행복과 감사는 나눠주고 가오

행복은 마음 따라오는 것
긍정으로 감사하면
행복해지고
부정으로 불평하면
불행해지는 것

행복과 불행은
한 곳에 있으면서
생각 따라
복을 받기도 하고
화를 당하기도 하지

행복은 먼 곳에 있는 게 아니야!
내 마음에
있는 거야

달콤한 행복

부러지지 않으려면

천사섬 태평 염생식물원

강한 나뭇가지는
뒤틀리고
부러져 바닥에 굴러다니고

부드럽게
드러누워
바람길 터준
풀잎은 툭툭 털고 일어나

밤샘 바람
언제 불었냐는 듯
방긋방긋
빨간 꽃을 피웠다

부드러우면 살고
딱딱하면 죽는다.
비우면 가볍고
채우면 무겁다

주저앉지 않는 자연은
비움과 부드러움에서 온다

생애 첫날처럼

선물로 받은 감사의 새날
날마다 서툴고 실수투성이

힘든 고통 닥쳐와도
짜증 내지 말고

처음 살아 보는
생애 첫날처럼

순간순간 즐겁게
안 돼도 될 것처럼

긍정적 열정으로
최선 다할 수 있는 하루

이 어찌 아니 감사하랴?
마음에 이미 와 있는 행복

시드니 오페라 하우스 신나던 야경

속살까지 빨갛게 물든 오대산 단풍

2
불꽃
처럼
뜨겁게

길

길은 내가 가고
너도 가고
누군가와 함께 갈 때
길이 됩니다

많이 가면 큰 길이 되고
안 가면 없어집니다
꽃길도 가야지
즐거움과 기쁨이 생깁니다

꽃길은 파티이고
한 송이 꽃은 꽃일 뿐
함께 즐길 때 더 아름답습니다
언제나 늘 항상

인생길도 마찬가지
함께 가야 큰 길이 생기고
멀리 갈 수 있습니다
희망이 열려 있는 길로

여심 폭포

오색찬란한 단풍잎 사이로
은밀한 계곡과 조화 이루며

쏟아져 내리는 가녀린 물줄기
지나는 길손 마음 흔들어 놓는다

깊은 숲 불사르는 둥근 태양이
오가는 이 마음 뜨겁게 달구고

속살 깊숙이 파고들며
가슴 태우는 한 줌 햇살에

불덩이로 타오르는
여심이 시를 읊는다

남설악 흘림골 여심 폭포

지리산
오름길

먹물을 풀어놓은 듯
칠흑 같은 지리산 오름길

시리도록 맑은 겨울 하늘
총총히 빛나는 별 무리

솔가지 사이 너덜 길 달빛이
발소리 듣고 쫓아오며 길을 밝힌다

어둠 속 찬바람에 서걱거리는
산죽 속삭임 따라 오르는 발걸음

한 발 두 발 까만 밤 더듬더듬
천왕봉 오르며 새벽으로 가는 길

까만 능선 솔숲 여명 드리운 계곡
먼동이 밤하늘을 열어젖힌다

용광로 쇳물처럼 솟구치는
붉은 태양 열기를 보노라니

나도 저 해처럼 꿈 많게
뜨겁던 시절이 있었지 싶다

서쪽 하늘로 희미하게 밀려가던
낮달이 엷은 미소를 짓는다

30시간 무박 여정 즐겁게 끝내고
춘천 하늘에서 반갑게 만나자며

불꽃처럼 뜨겁게

울릉도
뱃길

동해 한가운데 우뚝 솟은 섬
산더미 파도 밀려오는 울릉도 뱃길

비바람과 맞서는 선창이
하늘 높고 바다 깊은 줄 모르고

치솟다 곤두박질하며
뱃머리를 바다에 패대기친다

아자 작 깨질 듯 요동치는 뱃머리
바다 천 리 심한 뱃멀미 울릉도 뱃길

창세기 흰 파도 밀려오는 망망대해 고독한 섬
청순한 밝음만 존재하는 섬

짜르르 짜르르 몽돌 구르는 소리
반질반질 고운 얼굴 그리운 너

보고 싶어 힘든 길 왔다
울렁울렁 울렁대는 울릉도

울릉도 도동항의 상쾌한 아침

불꽃처럼 뜨겁게

속은 비우고 살결은 빨갛게 가꾼 朱木

오래 살려면

오래 살려면 마음을 비워야 하나 봐
천년 주목 속이 텅 빈 것 보니

주홍색 새 살결 만들어 늘 젊은 기운으로
필요 없는 껍질은 벗어던지고 늘 새 삶을 사네

멀리 가려면 함께 가라더니
군락 이루어 천년 비바람 버티네!

혼자 살면 바람에 넘어질까 걱정되어
여럿이 모여 푸르름 이어가는 주목군락

속 비워야 오래 살고
함께 가야 멀리 갈 수 있으니

마음 비우고 서로 사랑하며
배려할 줄 아는 새로움으로

살아 천년 푸르른 삶 이어가네!

새이령 옛길

38도 넘나드는 한낮 무더위로
땀에 젖은 솜이불 같았을 하루가
백두대간 원시림이 내뿜는 상큼한 공기로
햇볕에 바짝 말린 여름 홑이불같이
뽀송뽀송 사각거리며
하늘말나리 꽃잎 타고 살랑입니다

태초 하늘이 담긴 맑은 물에는
송사리 떼 신나게 노닐고
동자꽃 해맑은 웃음으로
환하게 밝혀진 초록 늘 솔길 따라
한데 어울려 발랄하게 춤추는
한여름 멧마실 야생화가 발길을 잡는다

햇살이 마음의 빗장을 연 새이령 원시림

파란 하늘 팝콘 터지듯
피어오르던 흰 구름은
서어나무 고목 가지 사이
어디론가 산 능선 넘어가고
속삭임이 여울지는 새이령 옛길에는
몽환적 파란 꿈이 활짝 피었습니다

불꽃처럼 뜨겁게

한

뜨거운 한여름 뙤약볕 즐기며
석 달 열흘 벙글이다
사랑 망울 터트리는 배롱나무 붉은 혼

사랑 끝내고 연못 떠다니는
진 붉은 꽃 무리 아픈 사연 안고
이별 서러워 피 멍든 꽃 덩어리

여름 끝 입추 날 아픔 끝나는 이별
지는 서러움 달래려 다시 피고 지다가
고운 수련 보듬고 꽃잠 꿈꾸는 아련함

삼백 년 쉬지 않고 온몸으로
꽃 피우느라 힘들어 뒤틀린 가지마다
숨겨진 인고의 한이 서린 흔적들

꽃그늘 풀매미는 이별이 서럽다며

목청 터지도록 울어대는데
초록 순 붉은 꽃잎은 사랑을 속삭이네요

붉은 백일홍 꽃말처럼 '수다스럽게'

안동 병산서원 낙화 목백일홍의 어울림

불꽃처럼 뜨겁게

동강할미꽃

백운산 절벽 뼝대
보듬고 감아 돌며

물비늘 반짝이는
초록빛 동강 여울목

그린나래 굽이굽이
인고의 모진 세월

견디어내야 피고 지는
동강할미꽃

꽃잠 깬 그리움 한 송이
바위 틈새 얼굴 내밀고

하늘 향해 간절한 기도
'임아 그 강 건너지 마오'

바람 불면 배 떠내려갈라
노심초사 노 젓는 뱃사공

가슴 두근두근
아리아리 아라리요

아스라이 들리는 강 건너
그리운 임 부르는 소리

구름 같은 인생

높게 나는 구름
낮게 기는 구름
바람 따라 춤추며
가는 길이 다르구나!

파란 하늘 몽실몽실
달보드레 솜사탕 구름
절벽 부딪치다 깨어지는
골짜기 든 안개구름

설악 너덜바위 돌길도
내가 가야 할 길인 것을
힘들어도 여유롭게 즐기면서
구름 따라 노닐다 가는 인생

대청봉 감고 노는
구름 한 조각처럼

불꽃처럼 뜨겁게

모시나비 춤

진초록 물결 타고
분홍 꽃 살랑살랑
바람은 좋아라
초록 파도를 탄다

나붓나붓
바람결에 나부끼는
모시나비 천사 날개짓으로
아름답게 수 놓은 꽃밭

엄동 삭풍으로 어렵고 힘든
인고의 긴 세월 이겨낸
초록 늪 고운 모시나비가
임 그리며 살포시 꽃술에 입맞춤한다

꽃잎이 환한 미소 지으면
바람 소리 새소리 풀벌레 소리

태고의 숲 자연 하모니 되어
나비춤이 펼치는 천사 페스티벌

달콤한 사랑의 세레나데

———
달콤한 사랑 즐기기

불꽃처럼 뜨겁게

팔봉산 오름

오르내리며 넘고 넘었다
여덟 봉오리 절벽 바위길 매달려

허리 낮추고
고개 숙이고

들숨이 목까지 차오르고
다리가 흔들리는 고소공포증 이기며

파란 하늘 맞닿은 바위 봉 오르니
은물결 여울이 반짝이며 응원가를 부른다

초록 숲 솔바람에 실려 오는
물소리 새소리 바람 소리

땀 흘린 뒤 찾아오는 환희
산이 말하네! 인생도 마찬가지라고

산은 물을 건너지 않고
물은 산을 넘지 않으며 돌아 흐른다

오늘처럼 오르내리며
돌아 넘는 게 인생이라고

산 닮아가는 우리네 인생

팔봉산과 홍천강

초록빛 희망

생명이 움트는 봄 언저리
바위틈마다 연분홍 꽃잎이
방긋방긋 미소 짓는 새 아침

새벽 바닷바람 지나간 자리
풀잎마다 아침 이슬 총총
옥구슬 대롱대롱 사랑이 보금자리 틀고

장막 드리웠던 해무 떠나가며
바다 물빛 따라 펼쳐지는 파노라마
아침 햇살 머금은 남녘 초록 섬

여리게 흐르는 것 같아 마음으로 울다가
힘찬 달음질에 가슴 펑 뚫리는
쪽빛 바다 오케스트라

태양 아 불타라

바람 아 불어라
구름 아 날라라

남빛 바다 파란 하늘
초록빛 희망
내 마음 가득 피어오르게

다카포(Da capo)로

———
촛대바위처럼 언제나 강인하게

불꽃처럼 뜨겁게

지리산 피아골 맑은 삼홍소의 붉은 단풍

불꽃처럼 뜨겁게

구름 한 점 없는 파란 하늘에
가슴이 활짝 열리고

하얗게 쏟아지는 맑은 폭포 소리에
닫혔던 귀가 뚫렸다.

천 길 속까지 보일 듯 투명한
물빛에 마음 열리며

빨갛게 피어오르는 단풍 불꽃이
마음 깊은 곳으로 뜨겁게 옮겨붙는다

맑고 밝은 피아골 삼홍소 山紅 水紅 人紅에
온몸이 달아오르며

폭포가 쏟아내는 우렁찬 오케스트라와
바람 소리, 새소리 화음으로 오름 발길이 가볍다

천년 고목 가지 끝 걸린 해님이 잠시 쉬어가자 하니
가을바람이 따라나서며 한마디 한다.

마음 단단히 먹고 잿빛 가지에 겨울바람 불기 전에
불꽃처럼 뜨겁게 살다 가라 하네

지리산 맑은 하늘 붉은 노을이
홍담紅潭에 핀 불꽃보다 더 뜨겁게 달아오른다.

이 밤 가기 전에 뜨겁게 살아 보자며

눈꽃

밤샘 추위
견디어내며

설천봉이 밤새워 빚은
은빛 눈꽃 사랑 이야기

머무는 자리
아름답고
떠난 자리 쓸쓸히 외로워

헤어짐이
슬프다며
눈물 흘리는 겨울나무

눈꽃 떠난
빈자리
그리움만 가득하네!

불꽃처럼 뜨겁게

누구를, 무엇을 찾아 헤매고 있을까?

나를 찾는 깨달음

세월도
삶도
행복도
떠나면 돌아올 줄 모르더라

82   Part 2

능선 넘는 흰 구름
유리알같이 굴러가는 맑은 물
시간 따라 흘러가는 세월
돌아오는 것 하나 없더라

귀 열어주는
청량한 계곡물 소리
속 살 내어줄 듯 상큼한
초록 숲 맑은 공기

오대 서약 바른 행동 되찾아
청렴 길 따라 수행하는 순간
온갖 번뇌 사라지는
천년 지혜 깨달음 길

천고의 지혜 깨어있는 마음
나를 찾아보는 행복 선재길
마음 쉴 수 있는 이 순간만
내 것일 뿐

세월은 그 자리 있는데
내 인생이 흘러가고 있구나

불꽃처럼 뜨겁게

제주 둘레길을 수 놓은 윤슬의 황홀함

3

맑은
바람이
되어

김유정 문학촌 토담 길에 핀 동백꽃

실레길
동백꽃

회색 겨울 끝자락을 환하게 밝히는 동백꽃
알싸한 향기에 실레마을 봄이 꽃잠을 깬다

햇살길 따라 달려오는 상큼한 꽃바람 타고
산 저편 두견이 요란스레 울어대던 날

결린 가슴 부여잡고 줄기침 참아내며
사랑 노래 부르던 유정마을 실레길

벙글어진 꽃망울이 각혈 소리에 깜짝 놀라
두꺼운 겨울옷 벗어 던지고 노란 꽃잎을 피운다

혼을 다 피우지 못하고 애타게 스러진 넋이
활짝 피어오르도록 살랑살랑 봄바람 불어오면

스물아홉 송이 노란 동백꽃이 환하게 웃는다

해 보는 거야

지금껏 성공 위해 도전했어
생각나면 미친 듯 도전했지

대단치 않은 이 자리도
도전해서 얻은 거야

높은 곳은 못 올랐어도
두 주먹 불끈 쥐고 올랐어

도전해 봐
어떻게 잘 될지 알아

누가 알아
생각대로 다 안 되겠지만 되는 게 있겠지

꿈은 클수록 좋은 거니까
작아지기 전에 바로바로 빠르게

용기 내어 도전해야 이룰 수 있어

어디 한 번 도전해 봐

광양 홍쌍리 매실청 항아리에 가득 찰 때까지

맑은 바람이 되어

살다 보면 알게 돼

마음가짐 따라
세상이 변할 때가 있게 마련

큰 꿈 안고
긍정적 마음으로

힘들 때는 서로 격려하고
칭찬도 많이 하며

고운 말로
서로서로 응원하면서

얼굴에 항상
웃음꽃 피우면

그 인생은 늘
행복한 인생이지

행복은
자신이 만드는 셀프니까

수타사 원통보전 앞 돌확 작은 구멍을 통해 바라본 큰 세상

맑은 바람이 되어

힘차게 날다 흑룡 기상

내가 먼저 가야지

기다려도 올 사람 오지 않을 때
모든 것 접어두고 자연으로 떠나봐

그물에 걸리지 않는 바람 같이
홀가분한 마음으로 가볍게

진초록 숲 햇살길 따라 걸으며
아무 생각 없이 풀꽃처럼 맘껏 웃어봐

즐길 줄 알면 그게 바로 행복이지
행복은 지금, 여기, 내 가슴에 있지

자연은 내게 그냥 오지 않아
내가 먼저 사랑을 줄 때 다가오지.

웃음

긍정
열정
용기는

희망과
행복을 불러온다

세상은 놀 줄 아는 사람에겐
놀이터

행복할 줄 아는 사람에겐
천국

인생은 내가 만드는
창조작품

하하(下 낮추고)

호호(好 좋게)

허허(虛 비우고)

희희(喜 즐겁게)

웃음은 만병통치약

맘껏 웃는 하루

행복한 인생

행복을 부르는 긍정에너지

기쁨도 행복도
인생도

자신이 만들어
가는 것

사는 게 힘들다
불평 말고

긍정에너지 불러와
내 삶의 보금자리
만들어요

흘러간 세월
다시 돌아오지
않으니

지금 여기가
긍정에너지 꽃자리
행복을 활짝 피워요

———
수련과 벚꽃잎이 반영으로 그린 연지 수채화

맑은 바람이 되어

수능 시험 날

씨앗을 뿌리지도 않고
어린싹 심지도 않았는데
싹틔우고 홀로 자라
된서리 이겨내는 풀꽃처럼

여름 내내 가꾸던 농작물
수확 끝낸 빈 밭에서
때를 기다렸다는 듯
노란 꽃 활짝 피우는 민들레처럼

동짓날 찬바람 이겨내는
잡초 같은 억센 끈기로
세상 풍파 헤쳐나가는 첫 관문
당찬 수능 시험 날 되기를.

날아라 푸른 꿈이여 황금빛 하늘 높이

맑은 바람이 되어

금빛 마타하리 활짝 핀 천상 화원

산상 고원 야생화 길

운해가 그린 산상 고원 수채화에
짙푸름을 덧칠하는 산그리메

싱그런 초록 물결 일렁이면
예쁜 미소로 피어나는 풀꽃

살포시 내려앉는 차가운 운무에
몸 맡기고 촉촉이 젖는 꽃망울

대롱대롱 풀잎 줄 타는 옥구슬
임 그리워 고개 숙이고 있다가

등 너머 시원한 산바람 불어오면
고즈넉하게 떠나며 웃음 짓는

푸른 숲 천상 화원 야생화 길

내일은 갓생

멋진 삶 아니어도
거창하지 않고
소소한 것이라도
실행하며 즐기고

힘들고 어려워도
긍정적 생각으로
낮이나 밤이나
감사하며

대수롭지 않아도
큰일 하듯
순간순간 부지런히
그날 즐기며

코로나 시기 힘들다
좌절하지 말고

소양강에 담긴 봉의산

성실과 끈기로
행복을 찾아라

하루하루가
갓 생이다.
기쁘게 살아라

※갓생: 미래의 불안감을 떨쳐내는 작은 다짐으로 만들어가는 신의 세계

맑은 바람이 되어

신비의 바닷길

물골 트고 썰물 진 시퍼런 갯벌이
앞뒤 옆집 마실 소리로 요란하다

한나절 지나면 물들어 무너질 줄 알면서
갯벌 파내고 신랑 신부 황토 신방 차렸다

새 신부 맞아 드리는데 얼마나 바쁘면
앞뒤 옆 가리지 않고 기어 다니겠나?

차디찬 갯벌을 쨍쨍 빛나는 햇빛이
따끈따끈 사랑의 불씨 피웠다

노을 붉게 물들면 밀물 들어온다며
깊은 잠 설치는 농게 신랑 각시

상실의 자유 남기고 물속으로 잠긴다
조용히 잠자리 들었다

또 한세상이 지나갔다

비나리

햇볕 쨍쨍 윤슬 반짝이는 먼바다
촉촉이 젖은 해무 몰려들며

세찬 비바람에 바위섬 밀려와
신음하며 부서지는 하얀 파도

에메랄드 푸른 꿈 보듬고 앉아
아스라이 잠드는 갯바위

소리로 보이고 색으로 들리는 흰 파도
눈 감아도 뇌리를 스치는 비나리

나 당신 사랑하고 있어요
늘 행복을 빌어주는 마음으로

귀로 말하는 깊은 사랑

맑은 바람이 되어

추억의 발자국

햇살 반짝이는 고운 모래밭에
새겨 놓은 추억의 발자국

물 때 시간 지나면
밀물이 지워버릴 흔적들

빈 하늘을 수 놓은 갈매기 군무

흰 파도가 텅 빈 바다를
제 것 인양 춤추는 동안

아스라이 멀어져 가는 섬 따라
희미하게 밀려가는 이별의 순간

내릴 곳 못 찾아 뱃전에 둥근 원 그리는
갈매기같이 빈 하늘 맴도는 그리움

감사하는 삶

고운 마음 꽃지해변 할매 바위

선물로 받은 고마운 하루
멋지고 당당하게 생의 첫날처럼 살자

인생은 풋풋한 사랑을 즐기는
낯선 여인숙에서의 하룻밤 같은 것

풀잎 끝 매달린 이슬처럼
바람에 흔들리며 아슬아슬하지!

인생길 도움 안 되는 걱정일랑
홀홀 벗어던져 버리고

된장찌개 나물밥 먹고 광목 이불 덮더라도
감사할 수 있는 삶이면 행복하다

부귀영화와 건강이
늘 아무 때나 있는 게 아니다

한 번뿐이라서 일생이다.

숲길에서

길을 걸어본 사람은 알게 된다
상큼한 공기로 머리가 맑아지고
마음이 안정된다는 것을

서로 경쟁하며 자라지만
강풍이 불면 어깨 기대고
견디며 큰다는 것을

숲길 걷는 사람은 힘들 때 응원하고
꽃길에서는 함께 웃으며
연리지 인연으로 즐기며 산다

구름이 모여 하늘을 꾸미고
나무가 자라 숲을 이루며
꽃이 모이면 꽃길이 된다

숲길을 걷다 보면
의지하며
사는 방법을 배우지

그래서 산길을 걷는다

소곤소곤 자작나무 숲길

맑은 바람이 되어

비밀의 정원

대대손손 오손도손 앞집 옆집 뒷집
한데 모여 다정했던 산 동네

흙에서 살다가 바람 따라 사라진
정든 옛고향 빈터에

미처 떠나지 못한 영혼이 그린
그리움의 비밀이 담긴 자연 정원

슬픔과 환희의 희로애락이 담긴 듯
푸른 날의 추억을 간직한 채

노랑 주황 빨간색 단풍으로
돌아갈 수 없는 한을 붉게 태운다.

마음의 고향 인재 비밀 정원 아침

맑은 바람이 되어

제부도의 맑은 해변

맑은 바람이 되어

넓은 가슴 큰 바다는 낮은 곳에서
쓰라린 기억과 갖가지 사연을
치유하는 힘을 가지고 있다

바다는 늘 언제나 찾는 사람의
마음을 어루만져 주는 능력이 있다
먼바다 달려오는 파도 소리만 들어도
마음이 편해지는 이유다

누구나 바닷가에 서면
시간 가는 줄 모르고
파도 소리 들으며
바다에 멍때린다

음표로 나타내기/ 어려운 파도 소리/
넋 잃고 하염없이/ 바다만 바라보다/
그대와 함께 즐겼던/ 모래밭을 걷는다/

모래밭 물고랑에서 간지럽게 살 비비듯
보글보글 솟은 샘물은 종종 잰걸음으로
멀리 떠난 임 찾아 바다로 떠나고

괭이갈매기와 한 무리 되어 노니는 아이는
은빛 해변 둥근 해와 눈 맞춤하며 신났다
파란 하늘 비상 꿈꾸는 맑은 바람이 되어

다 카포(Da Capo)

음표로 나타내기
어려운 파도 소리에

넋 잃고 하염없이
먼바다 바라보다가

그대와 즐겼던 해변에 서서
흔들리는 샹들리에를 탄다.

젊은 날 함께 즐겼던
사랑이여 다시 한번

수평선 그대 얼굴 그리며
불러본 사랑 노래

그때처럼 다시 처음부터
오선지에 그린 다 카포

포항 호미곶 새 아침

내 사랑 당신

최고야 내 사랑 당신이 최고야
누가 뭐래도 당신은 영원한 내 사랑이야
우리는 사랑으로 맺어진 연인
불같이 타오르는 사랑 덩어리
조건 없이 사랑한 당신
내 몸같이 사랑한 당신
당신은 하늘이 무너져도 끄떡없는
내 인생의 버팀목이지
이 세상에 하나뿐인 받침돌이었어
당신은 내 인생의 튼튼한 디딤돌
당신이 원하는 것 모두 다 해주며
영원토록 처음처럼 사랑하리라

최고야 내 사랑 당신이 최고야
누가 뭐래도 당신은 진정한 내 사랑이야
우리는 사랑으로 맺어진 연인
둘이 함께 만든 사랑 덩어리
하나같이 사랑한 당신

자나 깨나 사랑한 당신
당신은 힘들고 어려울 때 힘이 되던
내 인생의 받침돌이지
이 세상에 하나뿐인 주춧돌이었어
 당신은 내 인생의 영원한 동반자
당신이 원하는 것 모두 다 해주면서
영원토록 처음처럼 사랑하리라

영원토록 처음처럼 사랑하리라

마운트 쿡 만년설과 빙하 푸른 물 뉴질랜드 남섬 데카포 호수

맑은 바람이 되어

산막골 옛길

산이 막혀 못 오나?
물이 막혀 못 오나?

소달구지에 세간 달랑 싣고
떠나간 정든 산막골 옛길

고개 넘어 산막골 차돌이네
개울 건너 양지 말 금순네

분홍 진달래 활짝 피는 날이면
그리움 사무쳐 돌아올까?

등잔불 밝혀 놓고 목 빠지도록
임 기다리다가 등 굽은 소나무

뿡~~ 뿡 뱃고동 소리
옹기종기 옛 임 모여 오려나

그리움에 등 굽은 소나무

신두리 사구 해변이 그린 햇빛 쨍한 바다

4

사랑을
수놓는
바다

눈꽃 반짝이는 날은

눈꽃 아름답게 반짝이는 날
파란 하늘 바라보고 있노라면

어둠 속 헤쳐가며 눈부시게 피워낸
꽃 같은 첫사랑이 그리워진다

다이아몬드 뿌려놓은 듯 찬란한 하늘
에메랄드빛 겨울꽃 황홀함에 빠져

사랑 임 마주 보며 웃음꽃 피우다가
봄 햇살 따라 떠나보내야 하는 아쉬움

둥실둥실 햇살길 달리는 사랑 임
잡아도 잡아도 뒷그림자뿐

파란 하늘 눈꽃 반짝이는 날은
그리운 사랑을 그리워하자

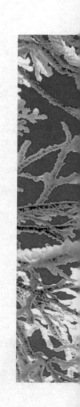

에메랄드 시린 눈꽃 밭에서

사랑을 수놓는 바다

억새와 춤을

민둥산 자락 여울진 은빛 물결 따라
코끝 스치는 진한 꽃내음에
가을 바람 일렁이는 능선길로
하늘과 땅 맞잡고 억새꽃 길 걷는다

맑고 청아한 파란 하늘 흰 구름 동동
단풍 숲이 들려주는 가을 교향곡
반짝반짝 햇볕 따라 억새와 춤추며
바람에 실어 보내는 소망 하나

너와 나
우리 모두
행복 가득 이어지기를

태백산 함백산 어울림 메들리 즐기며
바람결에 흔들리는 억새 품 안겨
앗싸 앗싸 얼씨구 절씨구

억새와 사랑 춤 차차차

좋기도 좋구나!
웃음 가득
행복 가득

억새와 한바탕
춤을

억새와 한바탕 신나는 춤을

사랑을 수놓는 바다

사랑을 수(繡)놓는 바다

파란 하늘 살포시 내려앉은 겨울 바다
속살 드러낼 듯 찰랑거리다가
돌돌 말려들며 깔깔대는 하얀 파도

차알싹 차알싹 굴러드는 파도 따라
돌아누웠다 바로 누웠다
사랑 속삭이며 반짝이는 금모래

흰 비단 치맛자락 걷어 올리려다
무안하면 눈 못 뜨게 모래 뿌려대며
심술궂게 갯바위 감고 도는 회오리바람

갯바위 보듬던 흰 파도 곤한 잠 들면
목청 높여 임 찾는 외로운 갈매기 한 마리
그리운 임 보고파 노을 물드는 하늘을 쫓는다

사랑 수놓으며 노을 지는 저녁 바다로

금모래 밭 굴러드는 흰 파도

사랑을 수놓는 바다

바다와 하늘

바다와 하늘이 하나 되고 싶다며
푸른 바다에 파란 하늘을 그리고
아름다운 저녁노을 수놓는다

구름 사이로 해가 방긋대며 손짓하니
바다 가운데 둥근달이 쫓아가며
해님 따라 밝은 미소로 바다를 건넌다

기쁨 꽃 곱게 핀 노을 진 바다

하얗게 부서지는 파도 한 폭을 얼른 건져
하늘 끝 수평선 바지랑대 걸어 바람 쐬니
옥양목 바랜 듯 하얘진 마음이 하늘을 난다

무거운 마음이 뽀송뽀송 가벼워지며
기쁨 꽃 활짝 피어오르는
노을 진 하늘과 바다가 하나 되었다

겨울 숲

세상에 틀린 것은 하나도 없다
너도 맞고 나도 맞다
다만 다를 뿐이다

나와 꼭 맞지는 않지만
너도 나름의 생각이 있을 터인데
내 생각만 옳다고
너를 부정하며 살아온 세월

차디찬 순백 설산 겨울 숲에서
맨 속살로 떨고 있는 겨울 나목裸木
이름이 틀리고 크기가 달라도
한데 어울려 살아가는 삶

생김새는 서로 달라도
평생 한마음으로
한세월 같은 자리 지키며

살아가는 나무

세상은
나도 맞고 너도 맞다.
조금 다를 뿐이다

밤새워 빚은 신비의 상고대

사랑을 수놓는 바다

꽃길

해 뜰 참 햇살길에
따스하게 미소 짓는
꽃길 따라 행복이 나래를 폅니다

초록 물결 헤치고 밀려오는
진한 꽃향기에
숲은 꽃 멀미 열병을 앓고 있습니다

멀리서 포롱대며 울어대는
산새 소리와 꽃잎 스치는 바람 소리가
곤히 잠든 봄을 깨우고

연초록 봄 헤치며 마실 온 햇살에
발그레 붉어진 꽃술이
벌 나비 불러 달콤한 사랑을 나누어 줍니다

활짝 웃음 몽환의 꽃길 따라

부신 햇살 고운 벚꽃

가슴에 품고 걸을 때는 흥겹더니
두고 돌아서기 아쉬워 사랑비 눈물 되어 흐릅니다

꽃향기 옷깃 스며들며
어느새 영혼 불사르는 꽃이 되어
천상 화원 꿈속을 날아다닙니다

부신 햇살 고운 꽃길마다
새 생명이 아우성치며
온 세상이 축제 물결입니다

꽃은 빛이요
꽃길은 파티입니다

사랑을 수놓는 바다

自然愛
2023년 4월 14일 오후 3:02

축복받는 하루

사랑으로 핀 붉은 명자꽃

아침 창문을 활짝 열어 젖이고
시원한 공기 쭉 마시며
뜨거운 열정의 하루를 시작하세요
오늘은 어제와 다른 설렘과 희망으로
새날 새 아침을 시작하세요

내 생애 다시 돌아오지 않을 지금
충만한 기쁨과 새 희망을

가슴 가득 수 놓기를 기도합니다
모두가 그토록 행복을 갈망하던 오늘
많은 사람과 사랑을 나누세요

둥근 태양 솟아오르며 초록 숲 기지개 켜고
꽃 무리 화려한 벚꽃길에 물안개 피어오르면
갈대숲 물밑 잉어 사랑놀이 첨벙대고
까투리 부르는 정기 서린 장끼 소리에
새벽잠 자던 초록 숲이 하루를 덧칠합니다

아카시아 흰 꽃과 금계국 노랑꽃이
섬의 새 아침을 환하게 밝히면
찔레꽃 진한 향기에 취한 두견이
임 부르는 애달픈 소리에
가녀린 종달새 지저귐이 하모니 되어
호반 소나타로 흐릅니다

오늘 하루도 사랑탑 많이 쌓으세요
축복받는 하루를 위하여

사랑을 수놓는 바다

꽃비

마음 활짝 열고
꽃길을 나선다

꽃은 지고 잎이 피니
어느 새 봄날은 간다

돌담길 흩날리는
꽃잎이 가엾어라

꽃잎 하나 지면
봄은 그만큼 사위어 가는데

상춘 인파는 꽃 피는
봄 아낄 줄 모르고

꽃비에 젖어
지는 꽃 즈려밟고

봄 여위어 가는 줄 모르고
꽃길만 걷기를 바라네

———
경주 토담길 꽃비

사랑을 수놓는 바다

그림자

그림자 되어 너만을
사랑할 거야

그림자 없는 어둠 속
칠흑 같은 지옥을 헤맨다

어둠은 아침을 기다리며
태양을 그리워하지

그림자처럼 너를
끝까지 사랑할 거야

이 밤이 다 새도록
너를 그리워하면서

이 밤 홀로 지샌다
아~ 그대 없는 이 밤을

둥근 태양 솟으면
그림자 찾아오겠지.

짝사랑 그림자

소원 빌어주시던 어머니

달맞이 (月迎)

달은 세상 사람 소원
담아내는 그릇

그릇에 넘치는 소원을 빌면
초승달로 흘려보내고

그릇에 담길 만큼 소원을 빌면
보름달에 듬뿍 담아준다

달은 소원을 들어주려고
저녁마다 뜬다

달맞이 소원으로
우리 푸른 꿈 키우라고

소리로 보는 비나리

제주도 큰엉 선녀탕 비나리

해무에 감싸여 울부짖는 파도가
오선지에 그려 낼 수 없는 오케스트라
연주하며 부딪는 몽환의 큰 엉 절벽

한라산을 한입에
삼켜 버릴 듯
입 크게 벌리고 몰려드는 성난 파도

흰 물거품 말려오다 부서지며
절벽 틈에서 신음하는 파도가
절규하며 아우성치는 바위섬

에메랄드 푸른 꿈
가득 채운 선녀탕에서
아스라이 꽃잠 드는 쪽빛 바다

눈 감아도 귓전에 보이는 듯
밀려드는 흰 파도 뒤틀림 소리에
멍든 바다가 토해내는 붉은 피

색으로 듣고 소리로 보는 비나리

사랑을 수놓는 바다

세월의 굴레 속에서

한때는 포장마차에서 밤새워 술 마시고
춤추고 휘청거리며 새벽을 맞았지

세월 스민 삶마다 닮은 듯 다른 인생
언제 좋은 시절 오려나 밤새워 마중 다녔지

뜨거운 된장 국물에 몸을 푼 밥알이
밥사발 안에서 빙글빙글 춤추듯 살아온 세월

이제는 구수한 누룽지 맛으로 살아가는 황혼
하루 끝내고 수평선 찾아드는 붉은 태양처럼

윤슬 반짝이며 불꽃 노을에 물드는
석양 바다 한가운데에 내 인생을 묻는다

죽도록 사랑해라
내일이 어떻게 올지 모르니

인생도 청춘도 언젠가는 떠나가더라
세월은 굴레처럼 돌아가기만 하는데.

파란 하늘 흰 구름 푸른 바다 낭만 속으로

사랑을 수놓는 바다

황홀한 노을처럼

뜨거운 하루 열정
갈무리하는 저녁 바다

저무는 게 얼마나 힘들면
푸른 바다 검게 멍들까?

내 남은 인생 벗어던지고
고운 노을 풍덩 뛰어들어

미처 못다 이룬 사랑
빨갛게 물들이며

잠깐만이라도 그대 품 안겨
뜨거운 열정 불사르고 싶어라

붉은 하늘 황홀한 노을처럼

붉게 달궈진 뜨거운 사랑

바닷가 새 아침

쨍한 햇볕 눈 부시게
찾아온 새 아침
밝은 햇살에 반짝이는
작은 옥돌 입맞춤 소리 정겹다

밤새 고운 피부 비비며
속삭이다가
깊은 사랑에 빠진 은빛 윤슬이
활짝 웃으며 달려온다

낮은 곳에서 불평 없이
항상 용서하며 어울리는

평화롭고 조용한 바다가
아침 기도 올리면

파도와 몽돌 해변이
연주하는 하모니에 맞추어
갈매기 한 쌍이 파란 하늘 맴돌며
밤새운 만선 어부 축복해준다

뾰족뾰족 고개 든 까만 갯바위에
볼 맞대고 까르르 웃는
하얀 파도가 반갑게
아침 인사를 한다

그립다는 말보다 더 그리운 너
좋은 하루 만들라고

삼방산 넘어 한라산 일출

별바다

반짝반짝 별빛 밤하늘
엄마별 아빠별 동생별 정다운 별 가족

하늘엔 별빛 가득
바다엔 달빛 가득

가도 가도 끝없는
넓은 바다에 총총 쏟아지는 별빛

별을 세어본다.
동심의 소년 시절 한여름 밤 그때처럼

별 하나 나 하나 별 둘 나 둘
영롱한 별빛 쏟아진다. 내 가슴 가득

저 멀리 까만 바다 한가운데
임 모습인 듯 향기인 듯 해맑은 얼굴

저 별은 너의 별 저 별은 나의 별
별 하나 나 하나 별 둘 우리 둘

별빛에 물든 밤같이 까만 눈동자
반짝반짝 한 데 어울려 별 춤을 춘다

멀리 있어 그리운 사람
반짝이는 나만의 별 그대와 함께

1만m 하늘 비행기 창으로 본 우주. 촬영:갤럭시23울트라 2023, 9, 5, 밤 중국 상공

사랑을 수놓는 바다

파도와 속삭이는 그리움

쉼표가 있고 낭만이 춤추는
평화로운 은빛 바닷가

파도가 밤새워 빚은 모래 둔덕
풀등이 어깨 내밀고 햇살을 쫓는다

짭조름한 바다향에 버무려진
금빛 모래알로 갯벌이 채워지면

고즈넉하게 아름다운 해변 길이
걸음마다 소풍이다

리듬 타고 굴러드는 흰 파도에
영그는 그리움

잔잔한 바다향에 살포시 젖는
그대는 행복한 사람

하늘과 땅 그리고 바다

달콤한 사랑

사랑으로 멍든 가슴
치유하고 싶은 만큼
솟구치는 하얀 파도

흰 거품 물고 숨 가쁘게
달려오다 은빛 모래밭에
황금 하트 그려놓고

모래 몇 알 움켜쥔 채
그대와 속삭이다가
사르르 눈을 감는다

달콤한 사랑 꿈꾸며

삼척 맹방 해수욕장 BTS 버터 앨범 자켓 촬영지

행복

하나는 외로움
둘은 행복

둘이 된다
행복하기 위하여

하나는 외로움 둘은 행복

사랑을 수놓는 바다

봄 길

살포시 내려앉은 봄바람에
솟아오르는
연두색 버들잎같이

아지랑이 고운 봄 길 위
따사로운 햇살과
이야기하며

보드레한 봄빛으로
실비단 하늘길
함께 걷고 싶어라

회색 겨울 날려 보내고
언제나
새로움으로

사랑을 수놓는 바다

마음속까지 해맑은 꽃의 행복한 미소

5
사랑
하게
해주
세요

그리움
- 청일문학 신인상 수상작

억새 숲 훔치는
갈바람 소리
잠자듯 그리운 사랑

따끈따끈 붉게 물들인
예쁜 단풍엽서에
사무치도록 보고픈 마음
곱게 그려

갈대밭 빨간 우체통
느린 편지로
낙엽 진 알몸 나무
소식 전하며

두 손 꼭 잡고
사랑 열병
몸살 앓고 싶도록
그리운 날

함께 걷던 생각만 해도
그리움이 더해지는
억새 바람길 옛사랑

동해 파도가 울고 가는 민둥산 억새 물결

사랑하게 해주세요

소풍 같은 삶

소풍 온 듯 잠깐 다니러 온 세상
영원한 것 하나 없더라
생성소멸 자연법칙 따라 태어나서 살다가
갈 때는 말 한마디 없이 바람같이 떠나간 그대
만남의 기쁨도 이별의 슬픔도 잠시뿐
모두 다 한순간이더라

사랑이 아무리 깊어도 떠나면 그만이고
외로움이 지독하다 해도
지나가는 폭풍이더라
비바람 세차게 몰아쳐도 바로 고요해지듯
고통과 힘듦도
지나고 나면 잊히더라

폭풍이 지나가길
기다리는 게 아니라
빗속에서 춤추는 법을 배우며

기쁨과 즐거움 불러 감사하면
행복한 소풍

흐르는 세월 빠르다고
하소연한들 늦게 가겠소
그저 부질없는 짓일 뿐
슬프다 한숨짓는다고
뭐 달라지는 게 있겠소
그저 힘든 삶 살아갈 뿐

행복은 내가 만드는
소풍 같은 삶

3월 이른 봄부터 소풍길 나선 동강할미꽃

사랑하게 해주세요

1절: 사랑이 활짝 핀 꽃밭을 가꾸는 연인이 있었어요
　　봄바람에 피어난 꽃처럼
　　우리 사랑은 여름에도 겨울에도 계속 필 거라며
　　당신은 내 모든 걸 다 **빼앗아** 갔어요

　　내 마음 모두 다
　　당신이 사랑을 원한다면
　　당신 두 손을 잡아주겠소
　　오! 나의 어여쁜 연인아

　　어느 날 사랑이 아름답게 피었다며 나를 꼭 안아 주었어요
　　아무 말도 하지 말고 나를 꼭 안아 주세요
　　방긋 웃는 사랑 꽃이 푸른 꽃밭을 아름다움으로 가득 채울 때면
　　우리는 행복 해질 거예요

　　내 사랑은 당신뿐
　　당신 없이는 한순간도 살 수가 없네요.
　　달콤한 사랑에 빠져 그대 곁에 영원히 머물고 싶어요.

2절: 행복을 키우는 농원을 가꾸는 연인이 있었어요.
파란 하늘 오색단풍 가을엔
우리 행복이 빨강 노랑 과일처럼 달콤할 거라며
당신은 내 마음에 행복을 심었어요

행복의 씨앗을
당신이 행복을 원한다면
내 모든 것 다 드리겠어요.
오 나의 어여쁜 내임아

어느 날 행복이 달콤하게 익었다며 나를 꼭 안아 주었어요
아무 말도 하지 말고 나를 꼭 안아 주세요
빨갛게 익은 햇사과가 농원을 환한 웃음으로 가득 채울 때면
우리는 행복 해질 거예요

내 행복은 당신뿐
당신 없이는 한순간도 살 수가 없네요.
달콤한 행복에 빠져 그대 곁에 영원히 머물고 싶어요.

사랑하게 해주세요

후렴: 어느 날 사랑이 활짝 피었다며 나를 꼭 안아 주었어요
　　　아무 말도 하지 말고 나를 꼭 안아 주세요
　　　방긋 웃는 사랑 꽃이 푸른 농원을 아름다움으로 가득 채울 때면
　　　우리는 행복해질 거예요

　　　내 사랑은 당신뿐
　　　당신 없이는 한순간도 살 수가 없네요.
　　　달콤한 사랑에 빠져 그대 곁에 영원히 머물고 싶어요.

　　　달콤한 사랑에 빠져 당신 곁에 영원히 머물고 싶네요.

세방 낙조의 뜨거운 사랑

부부

하나일까?　　　　하나 된
둘일까?　　　　　수평선

함께일까?　　　　부부가
따로일까?　　　　그렇다.

파란 하늘　　　　둘이 만든
푸른 바다　　　　하나니까

하늘과 바다가 하나 된 수평선

눈이 내리네

눈이 내리네
그대 거닐던 정원에
하얀 눈이 내리네

소복소복 쌓이네!
푸른 소나무 가지에
그리움이 쌓이네

꿈에 그리던
따뜻한 미소
흰 눈 타고 내리네

그대 떠나간
외로운 창가
하염없이 내리네

꿈이었던가

밤은 깊은데
그칠 줄 모르네

마당에 소복소복 쌓이는 눈

사랑하게 해주세요

늘 그리운 그대

썰물 진 바닷가 가까이 다가가
파도에 밀려간 시린 맘 달래며
상실의 자유 찾아 헤매는 풀등 해변

쉽게 잊힐 줄 알았던 헤어짐의 아픔이
깊게 파여나간 갯벌 상처만큼 아파질 때
눈시울 훔치고 있는 수평선 너머 그대

금빛 모래알만큼 쌓여가는 그리운 추억
사랑의 밀어가 살금살금 은밀하게
은빛 윤슬 속으로 스멀스멀 스며듭니다

그대 곁에만 있을 수 있다면
풀꽃 하나도 사랑이 되는 날
늘 그리운 그대

얼마나 그리웠으면 한라산 여인으로 환생했을까?

슬로시티 신안 증도 우전해변 일몰

겨울 바다

그대 떠나보내고
그리움 밀려올 때면
달려가는 겨울 바다

눈먼 파도 밀려와
옛 추억 지워 버리면
발자국 그려놓고 돌아서다

시린 바람에 정신 차리니
파도는 떠나고
홀로 텅 빈 바다에 서서

곤한 잠 들며
고요해진
먼바다만 바라보네!
바보처럼

지금 생각하면?

생각이 나요
자가용에 짐 싣고
그대와 둘이
휠체어로 떠난 여행

파도와 바람에 실려 온
시간도 쉬어간다는
치유의 섬 중도 바닷가
푸른 솔밭 콘도에

바쁘게 달려 온
마음 내려놓고
휠체어 아내와
치유 여행 짐 풀던 밤

바다, 바람, 파도가
그렇게도 울어대던 날
간절한 기도로
새우던 까만 밤

음과 양이 부딪히며
흑백을 섞으면
파도는 거친 숨 몰아쉬며
바람을 내뿜는 바다

휘청거리며 균형 잃지 않으려
기도하는 해송
천지 뒤흔드는 바람에
안간힘으로 중심 잡느라 힘드네

우리 내외에게 무언가를
가르치려나 보다
어렵고 힘들더라도
참고 견디며 치유하라고

턱받이 두르고 죽으로 아침 먹다가
옆 손님에게 내쫓김당하면서도 웃었지!
눈 못 뜬 채 파도 소리 들으며 상상으로 보던
진도 신비의 바닷길

저녁노을 황홀하게 물든 땅끝 동네
더욱더 안타깝게 느껴지던 그대
휠체어 타고 돌아보던 진도 여행
지금도 생각이 나요

너무도 어렵고 힘들던 여행
그러나 보람도 있고 신이 났었지
건강을 기도할 수 있는
마지막 여행이 될 줄이야!

정말 둘만의 치유 여행이었는데

———
태안 꽃지해변 파도

늘 그리운 사람

가슴이 시리도록 새파란
지리산 순백 맑은 물
굽이굽이 긴 세월 감아 돌다
고결하게 피어오르는 설중매에 취해
그리움의 꽃이 됩니다

동지섣달 설한풍 참아내며
눈 속 묻어 두었던
사무치는 그리움
비단결 뽀얀 속치마 헤집고
고운 매화꽃으로 피어오릅니다

눈 속에서 벙글어진 꽃망울
입안 가득 붉은 꽃술 머금다가
스스로 터져 봄날이 된 사랑
누가 왔는지 마중 나오는
늘 그리운 사람 꼭 안아 주고 싶습니다

매화꽃 그늘 술 한 잔에
갈길 잃고 헤매다가
활활 타오르는 잉걸불 홍매 한 송이
섬진강 맑은 물에 실어
그대에게 두둥실 띄워 보냅니다

그리움이 피어오르는 꽃잎에
사랑하고픈 마음 꽂히며
가슴 설레는 순간
애틋한 첫사랑
시린 별빛과 눈 맞춤 합니다

홍매 백매가 곱게 핀 광양 매화마을

사랑하게 해주세요

?처럼

동녘 햇살
밝은 날은
금빛 은빛 출렁대고

먹구름 드리운 날은
갯바위 부서지며
멍든 몸으로

바다에 휩싸여
영겁 동안
기쁘나 슬프나 춤추는 파도

인생도 마찬가지
소풍 끝나는
마지막까지

윤슬 반짝이는
바다처럼
황홀하게 아름답기를

사랑하게 해주세요

날고 싶어라

겨울 바다 달려가 시원한 바람 따라
흰 구름 두둥실 하얀 파도 손잡고

허리 휘감고 춤추며 파란 하늘 날고 싶어라
하늘과 바다가 하나 된 수평선 너머로

바다 건너 제주시 상공을 날다.

사랑 그리고 이별

꽃잠 드는 파도

밤새 울었습니다
겨울 바다에
사랑 임 띄워 보내고

저녁노을 수 놓은 수평선에서
떠남이 서럽다며
펑펑 울어대던 파도

하늘과 바다처럼
하나가 되고 싶어 달려가면
멀리 밀려가는 하얀 파도

잠 못 이뤄 뒤척이는
그리운 별밤
늘 꾸는 꿈 하나

사랑 가득했던 꽃잠으로
다시 돌아가는 꿈

사랑하게 해주세요

파도는

파도는 늘 그랬어.
만나면 반가워
찰싹 차알 싹

정든 임 그립다며
둥근 갯바위 보듬고
쌔근쌔근 잠들던 파도

낮은 곳에서 자기 비워
세상 온갖 것 다 끌어안고
밤샘 정화하는 바다 힘들어하면

세찬 비바람에도 바로 고요해지며
반짝반짝 은모래 물보라 안겨
살랑살랑 춤추던 파도

옥계 해변 아침 바다

만남 그리움 설렘
기억마저 멈추어 선
추억의 겨울 바다

언제나 그리운 파도

사랑하게 해주세요

첫눈 내리는 날이면

첫눈이 펄펄 펄
흰 눈 사이로 환한 얼굴 하나
눈꽃 가마 타고 반가운 미소

하얀 눈밭 달려올 것 같아
대문 열고 달려 나가
가슴으로 끌어안으니

눈 속 피어오르던
하얀 꽃처럼
햇살 쫓아 하늘로 훨훨 날아갑니다

아름다운 동행 추억
그리움 더해지는
내 사랑 내 임

첫눈 내리는 날이면
단 한 번만이라도
두 손 꼭 잡고픈 내 마음

첫눈 내린 한라산 설경에 묻히던 날

붉은 낙조

한평생 사랑했고
사랑받았던 그날

행복했던 순간
곱게 물들여

붉은 노을에 비단 수 놓아
그대를 떠나보낸다

그리움보다
깊은 사랑

일몰의 대미 세방낙조 전망대 붉은 노을

심장이 녹아
붉게 멍드는

저녁 바다에
그대를 묻는다

예그리나!

※ 예그리나 : '사랑하는 나의 사람아, 의 순우리말

카약 낭만의 봄내 호반 물레길

6

그대
곁에
함께
할수만
있다면

사랑과 긍정에너지

새로운 시간
새로운 출발
날마다 힘차게 뜨는
아름다운 태양

생애 첫날인 듯
처음 살아 보는 오늘
날마다 새로운 만큼
날마다 서툴고 실수투성이

행복한 새날
눈뜨면 먼저 감사기도
감사는 감사를 끌고 오고
믿음에서 샘솟는 희망

아내 콧줄 음식, 약, 굳은 몸풀기
덜 아프고 편하게 해 줄 방법
배우고 익혀 실천하는
혼창통 합의 하루

믿음, 평화, 용기
사랑과 긍정에너지로
행복 더해가는
아름다운 동행

사랑은 말합니다
감사하며 긍정적으로 살면
고통에도 희망은 핀다고.

———
꽃양귀비와 안개꽃

그대 곁에 함께할 수만 있다면

그대 곁에 함께할 수만 있다면

늘 사랑으로 함께했던 그대
문득 보고 싶은 마음에

아내가 잠든 영혼의 집 다녀와
옛날처럼 창가에 앉습니다

목소리가 들리는 것 같습니다
흘러간 추억이 되살아납니다

아름다운 미소 지으며
반가운 얼굴 달려올 것 같아

대문 활짝 열어놓고 기다리니
꿈만 같이 행복합니다

그대 곁에 함께 할 수만 있다면
더 바랄 게 없겠습니다

곱디고운 돌배꽃 고상함에 젖어

그대 곁에 함께할 수만 있다면

절대로

힘들어도 화내지 말고
얼굴 미소 만들어 웃어야지

입 다물고 밥 먹을 생각 없어도
끝까지 기다리며 도와주어야지

응응 소리로 잠 이루기 힘들게 해도
잘 부르던 노래 듣는 것처럼 즐거워해야지

안 될 때면 "야~ 잘한다."
조금 덜 될 때는 "와 ~ 훨씬 좋아졌네."

옆에서 도와주는 내가 힘들면
본인은 얼마나 힘들고 속 터지겠나?

그래도
몇 년 동안

이맛살 한 번 찡그리지 않고
긍정으로 아픔 이겨낸 아내 경이로워라

절대 짜증 내지 말고
웃으며 희망과 용기 북돋아야지

날마다 실수투성이 엉망일망정
칭찬해주며 최선 다해 살아야지

절대로 욱하지 말고

아름다워라! 연둣빛 새봄

그대 곁에 함께할 수만 있다면

1+3

일손 모자라
두 손 모두 쓰고
어깨, 머리까지 쓰는데도

하루 내내 쉼 없이
일하고 또 일하지
손가락 지문이 닳아 반들반들하도록

무인 민원서류 전산 발급기가
닳아 없어진 지문 인식하지 못해
창구를 이용해야 하는 불편 겪을 정도로

그래도 괜찮아
사랑하는 아내 돌보며
가족 위해 하는 일

진행형 꿈 도전하는 쾌감

내가 좋아서 하는 일
즐기며 도전하니까

해야 할 일 모두 해내려고
두 가지 일 겹치기로 할 때가 많아
어떤 때는 세 가지를 한꺼번에 하지

모자라는 일손
보충하기 위하여
하루를 1+3으로 만들어 살지!

어수리꽃에서 먹이를 찾는 벌과 녹색 파리

소통이 쉽지 않아

소통이 어렵다더니
아내와 소통도 쉽지 않네!

매일 눈 꽉 감고 말없이 응응대는 아내
어디가 아픈지 배가 고픈 건지

며칠 동안 변비로 힘든 건지
손발이 시린 건지 저린 건지

코 줄 음식 맛이 있는지 없는지
하고 싶은 게 있는지 없는지

약 기전 임상 시험하듯 약 조절하는 것
치유에 도움이 되는 건지 궁금해

평생 살아온 아내와 소통하기 위해
아내 몸 되어보고 마음 되어보네!

병간호 내용, 소변 사항 적어놓고
소통 넘어 통달로 한 몸 이루니

옆만 스쳐도 느낌으로 감이 오고
캄캄한 밤 숨소리 듣고도 소통이 되네

말, 몸짓, 발짓 이렇게 중요한지
난 미처 몰랐네.

소통 참 쉽지 않다는걸

적자생존

변 즉 생 變 卽 生
불변 즉사 不變 卽死

세상은 순간순간
멈춤 없이 변하고 있어

나도 변하고
너도 변하고

십 년 병수발 아내 지병
하루도 같은 날 없이 계속 변해

세상 변하는 모습 빠짐없이
적는 사람 살아남아

매일 순간 적어놓으니
두고 보는 치료 자료가 되네

적어놓은 글 가끔 보는 순간
깜짝 놀랄 때가 있어

살아온 평생 뒤돌아보며
일어서는 데 힘이 되기도 하지

아이들 색동옷 같은 병꽃

그대 곁에 함께할 수만 있다면

하루

하루하루 최선을 다해 피는 해바라기꽃

눈뜨면 상큼한 새벽 공기 마시며
아침 햇살처럼 밝은 마음으로

빡빡한 삶의 시간 속에서
하루 내내 이리 뛰고 저리 뛰며

난치성 1급 장애 아내 힘든 고통
있는 것 없는 것 다 챙겨 도와주지!

손끝이 닳아 터지고 지문 없어져도
허리가 아파도 잠 제대로 못 자도

가끔 실수로 실패하더라도
다시 천천히 사랑스러운 마음으로

순간순간을 새로 설계하며
할 일 찾아 처음부터 다시 시작하지

하나씩 최선 다해 행복 더해가며
오늘이 사랑으로 아름다운 날이기를

그대 곁에 함께할 수만 있다면

아프지 마

아픔이 멎었네.
고통이 멎었네.
몇 년 동안 못 보았던
너무 편한 얼굴

웃으며 곧 일어날 듯
눈뜨고 한마디 할 듯
찬 입술에 내 볼 비비며
있는 힘 다해 온기 불어넣어도
반응이 없네
아무 말 없네

산고의 고통을 이기고 피는 눈 속 홍매

이제는 아픔이 끝났네!　　그동안
고통 근심 걱정 없고　　고마웠어요.
아프지 않은 곳　　　　나의 힘
천국으로 잘 가요　　　내 사랑 당신

　　　　　　　　　이제는 절대로
　　　　　　　　　아프지 마

분홍 하양 천국의 기도

떠나보내며

마음속 깊이 빌고 빌었지!
잘 가라고 그동안 고마웠다고
입관 전 마지막 이별
툭툭 털고 일어날 듯
떠나가는 아내 얼굴

너무 편해 보여
이상하리만큼
숨 쉬며 웃으며 곧 일어날 것 같은 얼굴
차디찬 입술 그냥 보낼 수 없어
내 온기로 데워 보내고자
아내 입술 따뜻해지도록
볼 맞힘 해 보는 바보

바로 일어날 것 같은 아내 끌어안고
창밖에서 겨울 동안 초록 잎 떨구고
죽음 같은 잠을 자다가 깨어나는 나무처럼

아내가 일어나 주기를
마음속으로 애원하며 빌었지!
모두 다 바보스럽고
헛된 일인 줄 알면서

겨울 지나고 봄이 오면
새파란 이파리 돋아나고
수줍은 소녀 분홍 꽃 피우듯
처음부터 삶을 다시 시작하면 얼마나 좋을까?

봄이 오면 그렇게 좋아하던 청록원에
연둣빛 이파리, 분홍 꽃 가득 피워
사랑 자리 만들어 놓고
불러와 함께 놀아야지

잘 가요
45년 우리 만남은
이제 끝이네

낮달

한 백 년
아름다운 동행 꿈꾸며
늘 처음 새날처럼
살아왔는데

13년 지병 아픈 고통 없애려
흰 국화 뒤 영정에 숨어
떠나가더니

흰 구름 타고
하늘을 두둥실 날고 있네.
한낮 조각달 되어

예쁘고 밝은
그 얼굴

낮에 나온 반달

運

운에 天運 地運 人運이 있다고 하더니
운도 만들어가는 건 가봐

설 이틀 전 아내 장례식에
식장이 제일 큰 특실만 남아

썰렁하게 보낼까 봐 근심 걱정했는데
설 전날인데도 자리가 모자라게

조문 온 지인분께
고개 숙여 감사 인사드렸지

얼마나 고마운지
나 모르게 흐르는 눈물로

인운이 하늘에 닿아
지인의 격려와 애도 속에

편안한 마음으로
천국에 곱게 보내니

감사하고 감사한 마음뿐

운이 좋아 아름답게 핀 산철쭉꽃

여보! 식사해요

아침 먹을 때가 되니
당신이 어느새 내 옆에 와 있네!

새벽 내 응응대다가도
아침 먹을 때면
휠체어 앉은 채로 고개 숙이고
조용히 잠들기도 하고
편안해하던 그 모습이
내 곁에 와있네

2년 반 동안 콧줄로 식사 마친 후
휠체어 위 당신 끌어다 옆에 앉혀 놓고
남편 밥 동무하자며
혼자 밥 먹기 싫다고 늘 그랬지!

며칠 동안 당신 생각하며
혼자 밥 먹었어요

혼자 밥 먹을 때면
들려오는 당신 목소리

밥상 차려놓고
"여보! 식사해요." 하던 그 목소리
더 듣고 싶어도 못 들으니
그때가 더 그리워지네!

연두색 봄날의 튤립꽃

그대 곁에 함께할 수만 있다면

봄은 새로움을 볼 수 있어 봄

외로움이 밀려올 때면

당신 그리움 밀려와
예쁜 사진 한 장
크게 뽑아다가
액자에 넣어 걸었지!
거실 잘 보이는 곳에

사진 속 당신 웃음이
텅 비었던
집안을
아름다움으로 꼭 메우니
외로움이 밀려가네!

외로움도 생각에서
오는 건 가봐
우리 외롭게 살지 말자고
늘 서로 격려하면서

그대 곁에 함께할 수만 있다면

놓아 버릴 용기

놓아야 하는데
놓아 버릴 용기가 안 나

오늘도 끌어안고
지하철 달리며
서울 구경 함께 하네

하늘나라 아내 불러와
놓지 못하는 이유가 뭘까?
사랑일까?
정일까?
욕심일까?

아니지
놓아 버릴 용기가
없을 뿐이지

아니야
아니야
진정 사랑했던 아내
함께 하고픈
깊은 정 때문이지

그대 곁에 함께할 수만 있다면

외로워지면

당신 뇌 기능
떨어지는 게
싫기도 하고 걱정되어

건강할 때 여행 사진
한쪽 벽에
쫙 붙였더니

손으로 쓰다듬으며
열심히 보는 것으로 모자라

아예 주머니에 넣어
가지고 다니며 보던 당신

이제는 내가
당신 대신
사진 쓰다듬으며
당신 빈자리
메우고 있네!

외로울 때면
두고두고

당신 생각하고 싶어서

정선 백운산 뻥대 동강할미꽃

그대 곁에 함께할 수만 있다면

눈물

당신 보러 오는데
흰 눈이 눈에 들어가며
눈물 되어 주르르 흐르네!

그동안
너무 많이 아파서
늘 마음이 무거웠지
아닌 척은 했었지만

난치병 12년
흘러간 인생 황금기
세상 구경 제대로 못 한 것
너무 안타까운 눈물인가?

그래도
넘어지면 일으켜 세우며
억지로 다녀온
장가계 원가계 무릉도원

서천 개심사 봄 풍경

바람에 쓰러지면
부축하며
백두산 올라
천지 내려다볼 때
그 얼굴
지금도 생각나

한 치 앞도 알지 못하는 게
인생인 것을
영원한 동반자로
끝까지 함께 할 줄 알았는데
눈 내린 벌판에
당신 홀로 두고
돌아설 줄 상상도 못 했네요

그동안
내 곁 지켜주느라
너무 고생 많이 했어요

고마워
편히 쉬어요

그리워질 때면

보일 듯
만져질 듯
문득문득
왔다가 사라지는
그대 모습

때때로
바람에 실려 오는
풋풋한 체취
그리움 밀려올 때면

아이들과 네 식구
한 오토바이 타고
겁 없이 달리던 꽃길
신나게
다시 달려도 보고

바닷물 갈라지는 기적
상상하며
진도 땅끝까지
휠체어로 달려가
건강 빌던 추억 되새겨 보네

힘들었어도
그때가 참 좋았어.

그대 곁에 함께할 수만 있다면

볼이 촉촉이 젖은 분홍장미꽃

보일 듯

어디에 숨었을까?
어디로 갔을까?

숨바꼭질하자고
장독 뒤에 숨었나?

도시락 싸 들고
봄 소풍 나갔나?

보일 듯
돌아올 듯

찾아도 보이지 않네!
돌아올 줄 모르네!

사랑했는데
행복했는데

파도

분초 쪼개 쓰며 바쁘게 살았던
아내 병간호 13년
유수같이 훌쩍 지나간 세월

당신 떠나보내고 지낸 한 달
웅덩이 물 되어 한 곳 빙빙 돌며
통 흐를 줄 모르네

당신 없는 한 달 얼마나 길고 긴지
파도 만나러 바다까지 갈길
아직 너무 멀고 먼데

막히면 돌고 돌아 웅덩이 채워 넘으며
가보자 달려 가보자
파도가 춤추는 넓고 시원한 바다로

주: 파도는 아내 카페 닉네임

그대 곁에 함께할 수만 있다면

먹다 보면 알게 돼 달콤하다는 것을

살다 보면

빈손으로 왔다가
빈손으로 가는 인생

오래지 않아
흙으로 돌아가리라는 것 잊은 채

시간의 통로
골방 쥐 드나들 듯

바쁘다는 핑계로
나만 보고 달리다가

시간의 터널 끝에서
인생이 무엇인지 알만하니

그때는 이미
여생이 길지 않네!

아내도 내 곁을 떠나고
홀로 걸어가야 하네

슬픈 표정 짓는다고
나아지는 게 뭐 있겠소

모두 다
부질없는 욕심이겠지

바람이었나?

행복 찾아 함께 달려왔는데
바람처럼 날아가 버렸네!

아름답던 동행도
즐겁고 기쁘던 순간도

천둥 번개 비바람 지나간 자리
고요함과 쓸쓸함만 맴도네!

모두 다 지나가 버린 옛 추억
아름다운 동행의 희미한 그림자

바람처럼 불어왔다
바람처럼 사라져 버렸네!

그래서 늘 그랬지!

오늘을 내 남은 인생 끝날처럼

최선에 최선 다해 살다 가자고

自然愛

2023년 4월 13일 오후 3:21

먹다 보면 알게 돼 달콤하다는 것을

그대 곁에 함께할 수만 있다면

만물상과 기암괴석 병풍 둘러친 덕탄정

7

지나간
것은
모두
그립다

아버지
- 청일문학 신인상 수상작

덕탄강 말 등 바위 위에
내 발이 멈추었네!
나도 모르게

아버지 이불 보따리 위
네 살배기
외나무다리 피난길

잊고 살았던
외나무다리 겁나는 기억이
내 발을 붙잡네!

어린 마음에
얼마나 겁이 났으면
그 바위에 발이 얼어붙었을까?

지금도 무섭다
아버지 등짐 보따리 밑
파랗게 깊던 강물

덕탄 말등 바위

보랏빛 꿈

보릿고개
허기진 배 채우려
어머니 품 떠났다
노을 길 돌아와
석양의 긴 꼬리라도 잡고 싶어
황혼길 인생 노래 불러보네!

꿈 가득 어린 시절
그때처럼
봄바라기로 살고 싶어
그대 이름
힘차게 불러보네

덕탄아
무시로 보고 싶었노라
그립고 그리웠노라

덕탄 강에는
늘
언제나
보랏빛 꿈이
흐른다

내 가슴에도

고향 강변 덕탄

지나간 것은 모두 그립다

관광사진 공모전 입상작: 덕탄 만물상

만물상

봄 여름 가을 겨울
동서남북 보는 자리 따라
새로운 풍광이 떠오른다

수 억 년
비바람이 빚은
만물상

구석구석
오묘함과 기이함을
마음에 담는다

보고 또 봐도
아름다운 형상
늘 오고 싶어라

물 맑은 덕탄

파란 하늘 빨간 고추잠자리
하늘 뒤집어쓴 맑은 물속에 날고

여울이 연주하는 덕탄 하모니에
저녁노을 가라앉은 광대소

어릴 적 뛰어놀던 고향
덕탄은 참 아름답다

평생 그리운 친구와
덕탄 강물에 텀벙 들어앉고 싶다.

물 맑은 덕탄강 광대소

지나간 것은 모두 그립다

더운 갈이

거북등처럼 말라 터진 논바닥
쇠스랑으로 파
흙덩이 부수어
더운 갈이 해놓고

몇 날 며칠 마음속으로
기우제 지내다가
천둥 번개 소나기
한 줄기 쏟아지면

망종 전날
벼 이삭 달린 모 꽂으며
얼굴 가득 미소 지으시던
아버지

손바닥만 한
다랑구지 논바닥
산비탈 천수답
스무 평 눈깔배미

보릿고개
열세 식구
배고픔 달래주던
쌀밥 몇 사발 논

우리 가족 생명줄
다랑논 더운 갈이
지금도 눈에 선하네
노랗게 익었던 벼 이삭

풍년 농사 벼이삭

지나간 것은 모두 그립다

그리움 한 자락

파란 하늘 흰 구름 두둥실 흘러가는
덕탄 강 절벽 바위틈 분홍 강부추꽃
반세기 동안 잊고 지냈네!
얼마나 반가운지 어떻게 해야 할지 몰라
꽃잎 마주 보며 웃고만 있네!

차디찬 겨울 강바람 이겨내고
무덥고 강한 여름 햇빛 견디며

반백 년 돌 틈 지킨 덕탄 광대소 강부추

불평불만 없이
분홍 꽃 피워냈구나!

굳은 의지로 한 자리 서서
한 톨 씨앗 떨구는 보람으로
70년 동안 힘든 삶 살아내며
고향 지킴이 잘하고 있구나!

오랜 세월 기죽지 않고
꽃피운 강부추가 대견스럽고
신기에 가깝도록 경이롭다
어떻게 이 한 자리를 70년이나
지키고 있나?
나도 모르게 감탄사가 터진다

달팽이 한 사발 잡아 된장 한 숟가락 풀고
강부추 한 움큼 뜯어 넣어
구수하게 끓여 먹던 달팽이 국
그 맛 생각

여울 하모니 타고
재잘재잘 흘러내리는 강물 따라

지나간 것은 모두 그립다

고향 그리움 담아 박자 없는
인생 노래 한가락 불러보네!

한식구 같이 지냈던
다정한 친구 얼굴 떠오르면
옛 고향 동심으로 돌아가
강부추 꽃잎 만지작거리며
옛 노래 구성지게 불러보네!

작은 식물도
고향 지키는 보람으로
반백 년 긴긴 세월
고향 지킴이 잘하고 있는데
우리만 모두 떠난 빈자리

돌아들어 다시 보니
그리움만 흐르네

언제나 한결같은 눈빛의 고향 지킴이

지나간 것은 모두 그립다

수레 바위 부자 꿈

해 짧은 겨울날이면 일없다며
하루 두 끼 먹고 살던 보릿고개 그 시절
풋보리 볶아 디딜방아 껍질 벗겨 삶아낸
꽁보리밥과 된장 한 덩어리

가난에 지쳤지만 정 가득하고
소박하던 그 시절
먹을 게 없어 입을 덜려고 자식을
도시로 보내며 우시던 부모님 그 마음

푹 꺼진 눈동자와
배배 꼬인 마른 다리 어린 동생
허리띠 졸라매고
꽁보리밥 물 말아 배 채우시던 어머니

마당 멍석 둘러앉아 열세 식구 별을 세며 먹던
꽁보리밥 감자 옥수수 밀가루국수

쌀알을 셀 수 있을 만큼 멀겋게 끓인
한 자배기 시래기죽

큰 가마 한가운데 용수 박아 우린 도토리에
당원 넣어 끼니 에우고
큰 산 불탄 자리 산나물 뜯어 끓인 국죽으로
허기진 배 채우며 살던 시절

삼월 삼짇날 온 동네 모여
잔칫집 배부른 기분으로
덕탄 수레 바위 상 올려놓고 빌던
동네 풍년 기원제

여름 뒷동산 도토리나무 밑
멍석 둘러앉아 모깃불 피워놓고
은하수 하늘길 바라보며 듣던
할아버지 호랑이 이야기

찬바람에 문풍지 울어대는
동지섣달 추운 겨울밤
등잔불 밑에서 해어진 양말
기워 주시던 할머니

지나간 것은 모두 그립다

늘 부자 되는 꿈 꾸며 들던
덕탄 수레 바위 전설
수레 바위 부자 꿈 소원 이룬
향기 나는 부자 동네 서곡마을

하나같이 모두 부자 되었네!

수레 바위 부자 꿈

아버지 쉼터

덕탄 소나무 시원한 숲은
논 일 하다 쉬던 아버지 쉼터

수레 바위 전설 이야기로
꿈 부풀려 주시던 아버지

지금도 그랬으면 좋겠다
아버지 이야기 그때처럼

덕탄에 가면 지금도
아버지 이야기가 들린다.

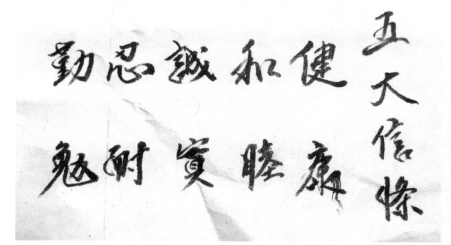

아버지 친필 5대 가훈

새댁 바위

오랜 세월 지나니 새댁이 할머니 되었네
모진 풍파에 등 굽은 새댁 바위

온 동네 개구쟁이 모여들 때면
반가워 반들반들 생기 돌던 새댁 얼굴

뗙 친구 떠난 후 빛바랜 광목처럼
회색빛으로 힘 잃은 새댁 바위

새댁 치맛자락에 머리 박던 다이빙 친구들
모두 모이자 새댁 얼굴 환하게 퍼지게

황금 들녘 향기 나는 서곡마을
새댁 바위 회춘 되는 날

하나 둘 손잡고
새댁 치마에 다이빙하며 젊어져 보자

푸른 강물, 초록 숲, 맑은 하늘 흰 구름처럼 늘 젊게

향수

세월이 흐를수록
나이를 먹을수록
고향이
그리워지는 마음은
더하기가 아닌
곱하기로 그립고

말없이
평생 고향만 지켜온
아름다운 덕탄의
황홀한 노을빛은
빼기가 아닌
나누기로 빛 발하니

은빛 여울물에
파란 하늘 수놓으며
세월 더 가기 전에

빨간 고추잠자리 따라
보도랑 길 뛰어놀고 싶어라

천방지축 야단법석
어릴 때처럼

지나간 것은 모두 그립다

어머니 빨래터

보릿고개 그 시절 다섯 자식 키우신 어머니
메밀대 태워 만든 잿물에 삶은 빨래 한 자배기
따리 얹어 머리 이고 빨래터 가시던 새색시 걸음

얼음구멍 빨래터에서 사시나무 떨듯 떨며
할아버지 광목 저고리 맨손 빨래하시던 어머니
빨개진 오리발 손 생각만 하면 마음 아프다

겨울 매서운 강바람에 빨개진 어머니 손
얼음 밑 냇물에 아홉 식구 빨래하시던 어머니
눈에 선하네! 얼었던 그 손

그 옛날 빨래터 바라보며 눈물 훔치네!
소천하신 어머니 차가운 손 잡고 앉아
풍수지탄 소용없는 줄 알면서

한여름 더위에도 그때 생각만 하면
아직도 녹지 않고 꽁꽁 얼어있는 내 마음
어머님 그리움 더해오네요

생각만 해도 눈물이 난다. 어머니 겨울 빨래터 언 손

추억

관광 사진 공모전 입선작: 덕탄 돼지 오 형제

높은 바위 위에서
시퍼렇게 깊은 물 속으로
다이빙할 때 무섭던
광대소

까까머리 새카만 얼굴
덕탄에서 뛰놀던 옛 추억
고향 생각이 난다

70년 지나도록
한자리에서 고향 지키며
분홍 꽃 피워낸
바위틈 철쭉꽃

수억 년 물에 씻기며
비바람에
곱게 다듬어진
만물상

동무 떠난 고향 강가에서
어릴 때 뛰놀던
그날을
사무치도록 그리워하네!

지나간 것은 모두 그립다

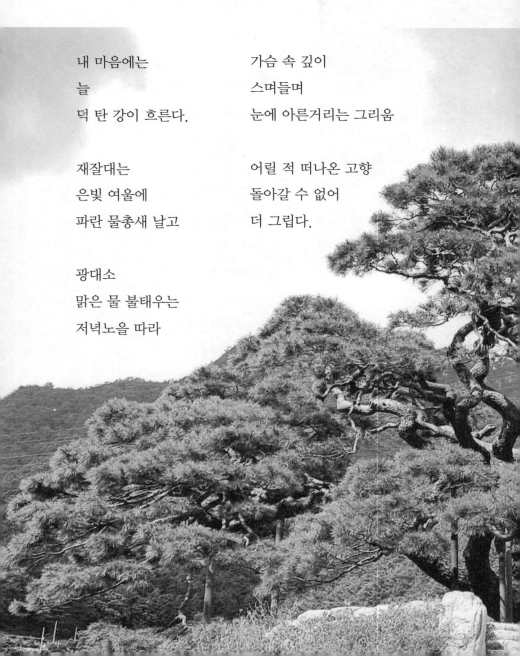

그리운 고향

내 마음에는
늘
덕 탄 강이 흐른다.

재잘대는
은빛 여울에
파란 물총새 날고

광대소
맑은 물 불태우는
저녁노을 따라

가슴 속 깊이
스며들며
눈에 아른거리는 그리움

어릴 적 떠나온 고향
돌아갈 수 없어
더 그립다.

고사리손 동무
어디서
무엇을 할까?

가사거리 빨래터
목욕하던 새댁 바위
생각나는 것 모두 그립다

추억이 그리운 것은
살아 있다는 것이다

언제 돌아가려나

3대 명품 영월 솔고개 소나무

추석 대보름 둥근달(촬영: 갤럭시 23 울트라)

달빛 기도

바라보는 눈길
둥근달처럼
순하게 하시고

어머님이 빚어주시던
솔잎 향 송편처럼
향기로운 삶 이어가며

한가위
밝은 달
마음속 그려두고

달빛처럼
부드러운 삶
살게 하소서

달빛 기도 속에서

지나간 일 말하면 뭘 하겠소

달 없는 그믐밤
총총 별빛에 희뿌윰한 미루나무 신작로
간지러운 물소리 여울지는 소나무 숲 강변길

늦은 밤 냉기 흠씬 머금은 강바람으로
오싹오싹 오므라드는 마음
귀신이 쫓아오는지 쭈뼛 선 머리카락

동네 어귀 들어서면 고즈넉이 바라보이는 초가지붕
창호지 문틈 사이로 새어 나오는 등잔 불빛
컹컹 돌아가며 짖어대는 동네 개소리에 편해지는 마음

초가지붕 고드름 따먹으며 놀던 어린 시절 고향 집
세월에 주름진 앙상한 기둥 나이테 쓸어안고
호랑이 옛날이야기 듣고 싶어라

예사로 여겼던 몸살에 영 갱신 못 하겠다며 힘들어하시던

할아버지 할머니
문 활짝 열고 들어가 어떻게 계셨냐고 안부 물어보고 싶어라

하늘도 내 마음을 알아차렸는지
억수 같은 소나기로 그리움을 식혀주네
지나간 일 말하면 뭘 하겠소

밤하늘 홍시가 되어

지나간 것은 모두 그립다

지나간 것은 모두 그립다

황혼으로 물든 고향 산하

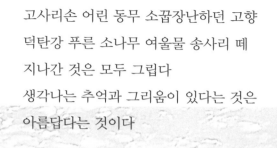

고사리손 어린 동무 소꿉장난하던 고향
덕탄강 푸른 소나무 여울물 송사리 떼
지나간 것은 모두 그립다
생각나는 추억과 그리움이 있다는 것은
아름답다는 것이다

희미하게 꺼져가는 잿불 아닌
참나무 장작불처럼 뜨거운 불씨를 피우자
남은 인생의 불씨를
건강 불씨를
행복 불씨를
우정의 불씨를

어머니 탯줄에서 떨어질 때
울음소리처럼 세상이 다 놀라게
늘 언제나 항상
활활
불씨를 피우자

온 세상 밝히는 등불을

세월이 흘러도 그리운 고향

어머니 품같이 그리운 고향
포탄이 빗발치듯 쏟아져도
떠나지 못하고 지켰던 유산

폐허의 땅에서 기적을 일구며 살아남은 가족
논 한 마지기와 죽 한 동이를 바꿔 먹으며
배고픔 이기려 보릿고개 몸부림치던 시절

은하수 별밤 마른 풀 모깃불 피워놓고
마당 멍석에 도란도란 둘러앉아
옥수수 감자로 허기진 배 채우던 그 시절

식구 먹여 살리던 아버지 애지중지 문전옥답
남은 한 떼기도 주인 손길을 기다리다 지쳐
잡초에 묻혀가네!

아버지 농사 때는 늘 황금빛 풍년이었는데
손발이 닳도록 땀 흘려 일해봐도

가을이면 뒤지는 텅 비고 쓰러진 메밀대만 뒹구네!

대대손손 흔적이 머무는 그리운 고향
지키고 싶어도 흐르는 세월 못 막듯
나이 때문에 지워질 것 같아 가슴 아프네!

세월이 흘러도 고향은 고향
반백 년 지나 돌아들어도
사랑방 할아버지가 부르는 소리

잘 다녀왔느냐? 밥은 먹었느냐?
고향의 그리움은 나이 듦과 정비례 하나 보다
고향은 늘 그리움으로 가득 차 있다

나의 정든 고향

관광 사진 공모전 입선작: 덕 탄 정

꿈이 자라는 가족 쉼터 청록원 가을

8

꿈이
꽃피다

새봄 맞이

청록원 벽난로 가득 장작불 피워놓고
늦추위 몸 녹이며 자연에 푹 빠져
아내와 함께하는 장작불 테라피

꽁꽁 얼어붙은 얼음 속 맑은 물소리
가만히 바위틈 귀 대고 들어보니
얼음 속 굴러 내리는 봄 소리 들리네

일찍 겨울잠 깬 하얀 민들레
하루가 다르게 날마다
잎 키우며 새 생명 준비하고

모진 삭풍 참아내며
봄을 기다리는 홍매화
연분홍 꽃 피울 준비에 바쁘다

자연은 봄맞이로 바쁜데

내 마음 봄 준비만 늦어지네
부지런히 마음 열어 봄 준비해야지

힘차고 빠르게 굴러 내리던 계곡물
강 하구에서 숨죽이며 바다에 흘러들 듯
서두르지 말고 서서히 새봄 열어야지

작은 농원 청록원 별미 옥수수의 싱싱한 자람

꿈이 꽃 피다

언제나 봄

청록원 뜰이 봄꽃으로
한 해를 시작한다.
하얀 민들레 보라색 제비꽃 노랑 냉이꽃

겨울잠 깨어나 바쁘게
한 해 시작하는 봄
긴 겨울잠 어떻게 참아냈는지

새벽 찬바람
이겨내는 꽃처럼
청록원 사람들 웃음꽃 피는 새봄 되길

우린 서로 사랑하며
웃음 인사 나누지
서로 사랑하며 웃으니 언제나 새봄

이른 봄 밝게 웃는 꽃보다

환하게 웃는 얼굴이 더 아름다워

해맑은 웃음 속으로
큰 복 굴러오는 소리 들리네!

감사할 줄 알면 행복한 사람

꽃 아름다움에 감사하는 마음으로

꿈이 꽃 피다

꿈이 꽃 피다

그냥 지나치면
눈에 띄지 않는
이름 모를 풀꽃도

찬바람에 주눅 들지 않고
봄 전하며
제 역할 다하듯

세상 모진 구석에서
불평 없이 때가 되면
꽃피워 열매 맺는 청록원

아로니아 오미자
새싹 움 틔우고
백합 철쭉 산목련 꽃 피면

벌 나비 모여 노래하고 춤추며

풍요롭게 어우러진
맑고 푸른 가족 쉼터

소유가 아닌 보살핌과 어울림으로
서로 돕고 나누며 살아가는
순박한 농부의 꿈이 꽃 피고

상상이 현실이 되는 날
대 자연과 긴 호흡 맞추며
소박한 농부 꿈 노래 불러보리라

꿈의 씨앗을 뿌리던 초기 청록원

꿈이 꽃피다

꿈이 열매를 맺다

Part 8

청록원 꿈

하늘 색 파란 냇물 옥구슬 꿰는소리
하얗게 부서지다 흰 거품 토해내며
아이들 꿈 보듬어 안고 졸졸대는 맑은 물

사랑으로 행복을 부르는 꿈 키움터
푸른 꿈 알찬 열매 충실하게 키웠다
꽃처럼 활짝 웃으며 아름답게

아이들 정서의 요람 청록원 봄꽃 내음

영원으로 이어지는 순간

가을은 언제나 성큼 다가오나 보다
가을걷이와 조경작업 바쁜 틈새
잠시 머리 들어 하늘을 본다
티 하나 없이 맑고 파랗다

겨울바람이 연습하듯
거센 바람 불어대니
이리저리 굴러다니다 한구석에
수북이 쌓이는 낙엽

엊그제까지 아름답게 불타던 단풍도
한순간에 와르르 무너져 내리고
앙상해진 나뭇가지가 찬바람에
윙윙 소리 내어 울며 떨고 있다

한 번 떠나간 세월은
절대로 다시 돌아오지 않아
순간은 영원으로 이어지지만
봄 여름 가을 겨울은 도돌이표

파종 때 흘린 땀 헛되지 않게
결실 얻은 밭일 다 끝내고
어수선한 마당 정리하며
바쁜 일 년 마무리하니

꿈이 자라는 가족 쉼터
청록원 자연은
아름다운 영원으로 이어간다
긍정에너지 꽃 피우며

청록원 친구 엄마 무당새의 모정

꿈이 꽃 피다

계곡 소나타

소리로 보고 빛으로 듣고 귀로 말하는 청록원 계곡 작은 폭포 큰 울림

졸졸 콸콸 돌 틈으로
들리는 봄 소리

잠자던 겨울이 여행 떠나며
부르는 희망 노래

파란 하늘 화사한 봄 햇살
맑은 물속 살금살금 간질이니

꽃잠 깬 금모래 은모래
맑은 물로 샤워하며 때굴때굴 봄나들이

꽁꽁 겨울잠 자던 곤한 대지
탁한 영혼 씻어 내리며

봄 처녀 불러오는
계곡 소나타

돌 틈으로 울려 퍼지는
봄노래

꿈이 꽃 피다

만남

봄은 어디서 오는 걸까?
며칠 사이 봄이 소리 없이
대지를 품었네!

몇 번이나 더
너와 함께하겠니?
난치성 장애우 아내와 동행을

비지땀 흘리는
바쁜 마음
이른 봄을 캔다

봄이 왔다 가듯
만남과 이별도
만났다 헤어지겠지

봄볕 뜰 아내 휠체어 타고라도

화사한 햇살같이 환한 웃음으로
오래도록 오늘 같았으면 좋겠다

힘들어도
당신이 있어서
늘 즐겁고 행복해

오늘도 이별 없는 만남
찾아 헤매는
바보

식구의 만남 휴게소 청록원에 꽃피니 벌 나비 모여 춤춘다

꿈이 꽃 피다

새봄 새 희망

늦겨울 찬바람 모르게
살짝 얼굴 내민
초록 명이나물
연두색 눈개승마

봄 햇살 그리워
언 땅 뚫고
뾰족하게 내민
새봄 새 희망

파릇파릇
초록 덧칠하는
싱싱 청록원
봄 내음 꽃향기 가득

새봄이 방긋 웃네!
행복이 웃네!

___
새봄의 전령사 눈개승마

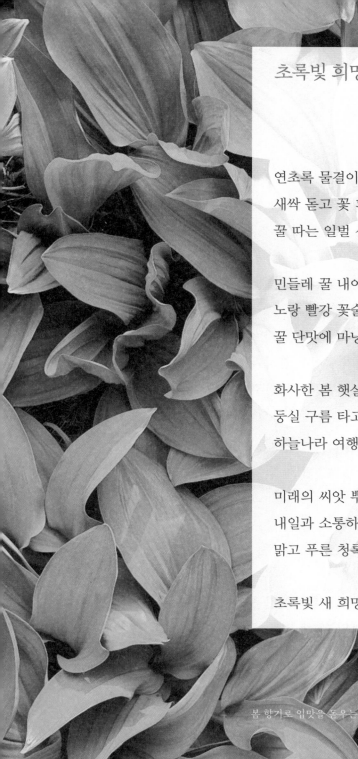

초록빛 희망

연초록 물결이 싱그러운 오월
새싹 돋고 꽃 피는 봄
꿀 따는 일벌 신나는 노래

민들레 꿀 내어주며 방긋 웃으면
노랑 빨강 꽃술 더듬던 나비
꿀 단맛에 마냥 즐거운 춤사위

화사한 봄 햇살
둥실 구름 타고
하늘나라 여행을 한다

미래의 씨앗 뿌리며
내일과 소통하는
맑고 푸른 청록원

초록빛 새 희망

봄 향기로 입맛을 돋우는 명이나물 또 다른 이름 산마늘

마음 풍년

초록 농장 알찬 곡식만
풍년 농사인 줄 알았네

벌레가 갉아먹다 남은
과일이 더 단맛이 나고

음식물 쓰레기 묻어온 참외씨 한 알에
노랗게 익은 개똥참외 주렁주렁 달렸네

자유롭게 보내는 세월 속에
감사와 행복이 탐스럽게 영그네

자연의 멋을 알면
멋있는 삶

자연을 즐기며 긍정으로 일군
맑고 푸른 농원 한 해 농사

농사 풍년
마음 풍년

자두 풍년 마음 풍년

꿈이 꽃 피다

297

봄 연가

청자색 맑은 하늘에
꽃구름 흘러가고
얼었던 계곡은 봄비로
얼음 녹아 흐르며 바다로 간다

숲속 어디선가 끼르륵
울어대는 작은 산새
가녀린 소리로 수컷 부르고

시냇물 소리에 귀 뚫린 버들강아지
노랗고 빨간 꽃술
등에 업고 냇가로 달려간다

봄빛 속으로

겨울 잔설 뚫고 뾰족하게
움트던 눈개승마는
햇빛 따라 초록빛으로 쑥쑥 자라고

입 떨어진 경칩 개구리
마당 작은 연못에 알 낳아놓고
개굴개굴 신랑을 부른다

모진 삭풍 불어와도 발가벗은 몸으로
속살 깊이 품어 키우던 새 생명
가지 끝 밀어내 봄꽃 피우며

봄이 솟아오른다
스프링처럼 힘차게

신비의 보물단지 갑둔리 비밀의 정원

9
시를
담은
풍경

새해 아침

새 아침 불태울 듯 붉은 해 떠오르고
물안개 햇살 따라 희망이 춤을 춘다
빛나는 눈 부신 태양 온 누리의 새해 꿈

강원시조협회 디카 단시조 문학상 우수상(2023. 3)

정월 대보름

휘영청
달 밝은 밤
논두렁 쥐불 놓고

달집을 불태우며 빌었던 아이 소원

꿈으로
키운 대보름
행복한 삶
사랑해

강원시조협회 단시조 문학상 우수작 2023. 2

설중매

비단결 백매화에 꽃 물든 찬란한 봄
꽃 여울 사람 물결 매화향 수 놓으며
설중매 봄눈 녹이듯 닫힌 마음 열리길

강원시조협회 단시조 문학상 우수작 2023. 3

그리움

긴 머리 주름치마
땡땡이 블라우스

병아리 소꿉친구
깔깔깔 환한 미소

그 눈빛 그 모습대로
벙글어진 그리움

약속

하늘빛
새콤달콤
진분홍 볼 비비며

마음속 새긴 다짐
망울로 벙글이다

수줍듯
함박 웃으며
소담스레 핀 사랑

연인의 마음

주홍빛
저고리 단
가녀린 허리 잡고

요염한 볼연지 꽃 물든 속마음을

홑겹의
하늘거리는
속치마로 덮는다

강원시조협회 디카 단시조 문학상 우수상 2020. 3. 1

빨간 노을

빨갛게 노을 들면
내일은 비 그친다

할머니
예언대로
맑게 갠 파란 하늘

햇살길 고추잠자리
쫓아 뛰던 초록 꿈

벽 앞에서

옥구슬
쏟아내며
초록 숲 노닐다가

하늘에 그려놓은 일곱 빛 쌍무지개

구름이
허리 보듬고
봉황 날 듯 춤춘다

하늘을 날아 흐르는 구곡폭포

봄바라기

연둣빛 봄바람에 살포시 젖은 가슴
실비단 속 옷으로 아련히 가려 입고
보드래 고운 봄볕 길 속삭이며 걷고파

고요

경주 첨성대의 황홀한 꿈

황홀한 저녁노을 물결 따라
가슴에 들어온 고요

첨성대 돌처럼 생각에 잠겨
마음은 돌인 양 꿈쩍도 않네

고요는 채우는 게 아니라
비울 때 느끼는 샘물 같은 것

하늘이 그리는 그림

햇살이 웃으면서 빚어낸 붉은 일출
언제나 다른 색깔 순간이 다른 그림
볼수록 설레는 행복 새 아침이 해맑다.

강원시조협회 시조 문학상 차하 2023. 8

꽃비 내리는 날

겨우내 숨어지낸 꽃잎이 활짝 폈다
벌 나비 모여드니 꽃잎은 신이 나서
꽃향기 날려 보내며 꽃 잔치를 벌였다

몽환적 하얀 벚꽃 온 세상 꽃 피우니
우아한 절세미인 꽃말이 너무 예뻐
겨우내 닫혔던 마음 방긋방긋 꽃놀이

봄바람 건듯 부니 꽃잎이 하늘하늘
돌담길 돌아 돌아 꽃비를 뿌려대며
하늘이 담긴 연못에 꽃 그림을 그렸다

꽃바람 살랑살랑 꽃 동네 싱글벙글
온 누리 은빛 잔치 꽃향기 그윽하다
꽃술이 머물던 자리 새 생명이 솟는다

꽃비

시를 담은 풍경

무지개

백록담을 넘어온 한라산 무지개

백록담 구름안개 넘어오며
철쭉동산 덧칠하는 뽀얀 운무
고운 햇살 보듬고 꽃피운 무지개
바람 따라 펼쳐지는 몽환의 파노라마

사랑은 일곱 색깔 무지개 같은 것
꿈 같이 왔다가 그리움 남기고 가네
안개 속 분홍철쭉꽃 고운 정으로
가슴 깊은 곳에 아련히 남아 있는 그대

장가계 무릉원

풍경에 혼이 빠진다는 미혼대에서 본 무릉원
촬영: 갤럭시23울트라(2023. 9. 5)

신이 축복한 선경
숲속의 무릉도원

자연과 세월이 함께 빚은
놀라운 대서사시

산수화 원본 장가계 아~놀라워라
자연이 빚은 예술품

어필봉

붓을 꽂아 놓은 것과 같다는 기암 절경 천자산 어필봉

천궁의
기둥인가
황제의 붓이던가

신선이 노니는 곳 무릉원 중심 풍경

필통에
꽂아 놓은 붓
언제 꺼내 써볼까?

호수에 발 담근 황석채

하늘과 푸른 호수 황석채 쓸어안고
물속에 들어앉아 깔깔깔 신이 났다
바람이 쉿 입 막으며 모두 함께 놀자네.

호수에 내려앉은 하늘과 황석채 봉우리의 어울림

맑은 바람

맑은 바람이 되어 그대 곁에 머물고 싶어라

맑은 바람은 보이지 않아도
사람 마음을 흔들며

바닷가에 마냥 머물지 않고
섬으로 올라온다

친해지고 싶어서

바래봉 운무

분홍 꽃무리 보듬고
긴 밤 지새우는 밤안개

사랑의 손 잡을 때마다
짙어지는 바래봉 운무

나를 아프게 하는 것은
이별이 아닌 그리움

경주 남산 일출 공양

남산 일출

달빛이 먼저 간 솔숲 길
싱그런 새벽 풋기운 마시며

뜨겁게 산다는 게
달콤하게 사랑한다는 게

몸부림이 아니라 순응이라는 것을
마애보살반가상 눈빛으로 알았네

내 마음에 새날 하루가 열리며
왠지 좋은 일만 있을 것 같아

동강할미꽃

금발의 파마머리 소녀

동강할미꽃이 이른 봄에 피는 것은
피고 싶어 피는 게 아니라

강 건너 임 보고파 절벽에 서서
꽃잎이 눈을 뜨는 거랍니다

동강 댕기 머리 소녀

2023년 3월

동강할미꽃과 소녀

여명

새 아침을 여는 한라산과 제주시 여명

새벽 첫 비행기 어둠 헤치며 해 찾아 날고
한라산 백록담은 구름 위로 얼굴 내밀며

게딱지처럼 비행기 창에 붙은
제주 시내는 안개로 신음하네

여명이 묘약이라지
둥근 해야 힘차게 솟아라

사랑으로

천국으로 가는 사랑의 기도

어떤 고난과 어려움이 닥쳐도
고통스럽다 생각하지 않고

쉼표 없이 달리는 인생 여정
감사라는 말 입에 달고 웃으면서

등에 진 짐 무거울 때는
주님 은혜 속에서

사랑으로 살게 하소서

아침 찬가

썰물 진 푸른 펄에
햇살이 마실 오면

소라가 나팔 불고
망둥어 춤을 춘다

먼바다 은빛 윤슬이
깔깔대며 신났다

신비의 바닷길 새 아침

맥문동과 소나무

맥문동과 소나무가 만나면?

소나무 초록 향기에 취해
벙글어진 보라색 맥문동 꽃망울
짝꿍으로 어우러진 몽환의 맥문동 솔숲

고즈넉한 푸른 소나무 춤사위 따라
청초하게 눈 맞춤하는 고운 맥문동꽃
늠름한 기상과 갸날픈 여인의 순수한 만남

사계절 파랗게 살아 숨 쉬는 아름다움이여

파타야 노을

파타야 뱃길 물보라

파란 하늘 흰 구름 동동
바다색도 곱구나!

타고 가는 요트 물살 가르는
물보라 아름다움에 놀라

야단법석 파타야 노을 하늘
유람길 즐겁고 기쁘구나!

사랑의 미로

암컷을 쫓아 물 밖까지 나온 잉어 사랑 이야기

그대 따라 파란 하늘 구경하며

사랑 늪에 빠져 물 밖에서라도

다른 세상 만들고 싶어요.

둘만의 단 하나 사랑을 위해

첫사랑

새해 새 아침 해 오름 첫 만남이
차가운 바다 뜨겁게 끓이며
솟아오르는 붉은 태양같이

영원히 지울 수 없는 첫사랑 꽃피워
가슴 깊이 새기며 살고 싶어요.
기쁘다 행복하다 노래하면서

오징어

창세기 새벽 바다 울음소리에
귀 쫑긋 세운 덕장 오징어

내 살던 옛고향 바다가 그립다며
친구 손잡고 강강술래

낯선 타향살이 외로움 달래려
허리 끌어안고 뽀얗게 분 바르는 너

어제 살던 바다가 그리워

해발 1,500m 귀때기청 너덜 길에서 바라본 대청봉과 용아장성

구름 한 조각 베고 누운 대청봉

파란 하늘에 맑은 호수 하나 그려 넣고
흰 구름 동동 띄워 용아장성 병풍 두르니

구름 한 조각 베고 누운 대청봉
카메라 눈 속으로 얼굴 살짝 들여 밀고

귀때기청 호수는 언제 생겼소
신기해라 참 아름답네요.

봄바람

창덕궁 홍매와 진달래 봄나들이
(s23 울트라 스마트폰으로 촬영)

알몸으로 차디찬 삭풍 견디고
잔설 녹기 전에 꽃 피우는 그 열정

눈 속에 갇혀 있던 마음 빗장 열고
봄 마중 바쁜 설중매

봄바람에 두 볼 살짝 입맞춤하며
꽃망울 터트리는 사랑의 봄 여신

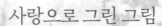

사랑으로 그린 그림

눈부시게 반짝이는
눈꽃 피는 날은

파란 하늘 바라보며
사랑을 노래하자

하얀 눈꽃 핀 자리
우리 사랑 꽃피우던 자리

눈꽃 녹아내리는 날은
그리운 사랑을 그리워하자

―
눈꽃 반짝이는 날은 사랑을 그리워하자

한라산이여

서귀포시 안덕면에서 바라본 겨울 한라산 백록담
(촬영:갤럭시21울트라 2020.2.5)

푸른 바다 우뚝 솟아
태평양 바람 막아주는
성스러운 나라 지킴이

포근하고 자상한 어머니 품
대한의 영산 한라산이여
영원무궁하여라

만선을 꿈꾸는 홍도 일출

만선을 꿈꾸는 홍도 일출

솟구처 오르는 해오름에
만선의 희망이
몰려온다

만선의 소망 가득 안고 고기잡이하는
어부 생각하며
내 인생의 만선을 다짐해본다

불꽃이 빛나는 아름다운 바다에서
행복의 꿈을 꾼다

소리로 보고 빛으로 듣는
자연 속 삶의 향기

권선복(도서출판 행복에너지 대표이사)

이 책 『소리로 보고, 빛으로 듣고』는 2017년 『행복한 삶을 만드는 사랑과 긍정에너지』를 출간한 바 있는 허남국 저자가 2023년 겨울을 맞아 내놓는 신간으로 저자가 스마트폰 사진가가 되어 보겠다는 남다른 꿈을 꾸면서 휴대폰 하나 들고 종횡무진 담아낸 자연 곳곳의 풍광과 진솔한 시어를 함께 담아낸 시화집입니다.

허남국 저자는 과거 난치성 뇌질환을 앓는 아내를 위해 13여 년간 지극정성으로 간병한 바 있으며 이러한 정성과 사랑은 저자의 책 곳곳에 진하게 녹아들어 독자들의 마음을 따뜻하게 어루만집니다. 오랜 간병과 떠나보냄의 고통과 슬픔 속에서도 아내와 함께 행복했고, 앞으로도 행복해질 것이라는 삶의 성찰과 메시지는 화려한 수식 없이도 깊은 울림을 자아냅니다.

대자연의 아름다운 순간을 예리한 관찰력으로 담아낸 사진과 깊은 통찰이 담긴 아름다운 시어가 함께하는 『소리로 보고, 빛으로 듣고』가 많은 독자 분들의 가슴속에 각자의 삶을 살아갈 힘을 이끌어 주기를 희망합니다.

'행복에너지'의 해피 대한민국 프로젝트!

<모교 책 보내기 운동> <군부대 책 보내기 운동>

한 권의 책은 한 사람의 인생을 바꾸는 힘을 가지고 있습니다. 한 사람의 인생이 바뀌면 한 나라의 국운이 바뀝니다. 그럼에도 불구하고 많은 학교의 도서관이 가난하며 나라를 지키는 군인들은 사회와 단절되어 자기계발을 하기 어렵습니다. 저희 행복에너지에서는 베스트셀러와 각종 기관에서 우수도서로 선정된 도서를 중심으로 <모교 책 보내기 운동>과 <군부대 책 보내기 운동>을 펼치고 있습니다. 책을 제공해 주시면 수요기관에서 감사장과 함께 기부금 영수증을 받을 수 있어 좋은 일에 따르는 적절한 세액 공제의 혜택도 뒤따르게 됩니다. 대한민국의 미래, 젊은이들에게 좋은 책을 보내주십시오. 독자 여러분의 자랑스러운 모교와 군부대에 보내진 한 권의 책은 더 크게 성장할 대한민국의 발판이 될 것입니다.